악마가 있는 천국

悪魔のいる天国

Book #4 Akuma no Iru Tengoku
by Shinichi Hoshi

"Gôrishugisha", "Chôsa", "Tengoku", "Mujûryoku Hanzai",
"Uchû no Kitsune", "Jônetsu", "Ojizô-sama no Kureta Kuma",
"Ôgon no Ômu", "Shinderera", "Kon", "Pîtâpan no Shima",
"Yume no Mirai e", "Satsujinsha-sama", "Ai no Tsûshin",
"Dasshutsukô", "Motarasareta Bunmei", "Eru-shi no Saigo",
"Yume no Toshi", "Sâkasu no Tabi", "Kawaii Pôrî", "Keiyakusha",
"Tonari no Katei", "Motode", "Kokuhaku", "Kôsaten",
"Usugurai Hoshi de", "Kiro", "Junshoku", "Sôzoku" and "Kikyô"
were written by Shinichi Hoshi, originally published in Akuma no Iru
Tengoku in 1961 by Chuokoronsha, Tokyo.
A paperback edition of the book is currently published by Shinchosha,
Tokyo.

악마가 있는 천국

悪魔のいる天国

호시 신이치 지음

이영미 옮김

하빌리스

목차

합리주의자

F박사는 금속학자였다. 박사이긴 해도 아직 청년이라고 부를 수 있을 정도로 젊었으므로, 이는 그가 얼마나 우수한 학자인지 증명해 주었다.

박사는 금속金屬적이라고 형용할 수 있을 만큼 철저한 합리주의자였다. 그렇다고 해서 금전적으로 지나치게 절약가라거나 요리를 보면 칼로리부터 계산하는 식을 떠올려서는 곤란하다. 그와 같은 생활 측면에서가 아닌, 사물에 대한 사고방식이 더할 나위 없이 엄격했던 것뿐이니까. 그의 머릿속에는 그 어떤 불합리도 개입될 여지가 없었다.

어느 날 밤, F박사는 달빛을 맞으며 파도가 밀려드는 바닷가에 조용히 홀로 서 있었다. 남의 마음을 넘겨짚기 좋아하는 사람은 '흐음, 저 녀석도 실은 로맨티스트라 여자한테 인기가 없는 게 슬펐나 보군' 하고 생각할 것이다. 돈벌이에 열중하는 사람은 "보아하니, 사금이라도 몰래 찾으러 나온 것 같은데" 하는 식으로 추측하며 중얼거릴지도 모른다.

그러나 양쪽 다 아니었다. 박사의 마음은 로맨스를 받아들이지 않았고, 일확천금을 노리는 투기꾼 같은 인생관도 없었다. 하긴, 그 주변은 지질학적으로 사금이 존재할 수가 없는 곳이었고, 박사도 이를 알고 있었다. 그는 다만 모래에 함유된 미량원소를 연구하기 위해 그 자료를 채집하러 바닷가를 찾은 것이다.

박사는 진지한 표정으로 모래를 퍼서 시험관 속에 담았는데, 그러는 와중에 이상한 게 눈에 들어왔다.

그것은 단지였다. 파도에 떠밀려 왔는지, 파도에 씻겨 모래 속에서 드러났는지는 알 수 없었지만, 난생처음 보는 이국적인 인상을 풍기는 단지였다.

그러나 F박사는 골동품 따위에는 전혀 관심이 없다는 듯 단지를 발끝으로 툭 차 버렸다.

데굴데굴 굴러가던 단지의 뚜껑이 열렸다. 그 속에서 이상한 복장을 한 남자가 나타나더니, 걸어가고 있던 F박사를 뒤에서 불렀다.

　"저기요, 정말 감사합니다."

　박사는 무심코 뒤를 돌아봤고, 평소와 다름없이 쨍쨍한 쇳소리를 높이며 물었다.

　"넌 누구지? 그런 차림새로 이런 곳에 나타나서 대뜸 고맙다니, 도통 영문을 모르겠군."

　"네, 저는 오랫동안 저 단지 속에 갇혀 지냈습니다."

　남자가 그렇게 말하며 단지를 가리켰다. 박사는 남자와 단지를 번갈아 봤지만, 얼굴을 찡그리며 근엄하게 말했다.

　"그런 농담은 안 통해. 좀 더 합리적으로 설명해."

　"아니, 하지만… 저는 고대 아라비아의 마신魔神이고, 정말로 저 단지에 갇혀 지냈으니까 달리 설명할 방법이 없습니다."

　박사는 점점 더 언짢은 표정으로 변해 갔다.

　"마신이라니, 터무니없는 소리를 하는군! 어린애들이나 속일 법한, 아니지 그런 얘기는 아이들한테도 하면 안 돼. 교육상 해로워."

"안 믿으셔도 어쩔 순 없지만, 저로서는 어쨌든 단지에서 꺼내 주신 데 대한 감사 인사를 드려야 마음이 편할 것 같습니다. 무슨 소원이든 세 가지만 들어드리겠습니다. 자, 말씀해 보시죠."

"무슨 소원이든 들어준다고? 말을 함부로 하면 안 돼. 세상에는 가능한 일과 불가능한 일이 있는 법이야. 그걸 무시하면 안 된다고."

"그럼, 이러면 어떨까요? 거짓말이라고 생각하시면 한번 속는 셈 치고 뭐든 말씀해 보시죠. 일단, 시험 삼아 금덩어리라도 보여 드릴까요?"

"뭐, 금이라고? 이 주변에 금이 있을 리가 없어. 정말 무책임한 소리를 하는군."

"으음, 일단 한번 보시죠. 그런데 금의 양은 어느 정도로 할까요? 순금 덩어리로 할까요, 아니면 무슨 무늬가 새겨진 18K로 할까요?"

"사람을 놀리는 것도 유분수지. 그런 엉터리 같은 소리는 두 번 다시 하지 마. 정 그렇게 보여 주고 싶으면, 지금 당장 자동차 모양의 금 1톤을 여기 내놔 보든가."

박사의 말이 끝나기가 무섭게 그 남자가 한쪽 손

을 휘둘렀다. 그러자 주변 공간이 묘하게 술렁거리는가 싶더니, 금 자동차가 그 자리에 떡하니 나타났다.

"자, 여기 있습니다."

"오오, 이건 정말 놀랍군. 어디서 가져왔지?"

가까이 다가간 박사가 주머니에서 꺼낸 기구를 사용해 분석 작업에 들어갔다.

"어떻습니까? 진짜 맞죠?"

"과연, 틀림없군. 밀도 $19.3g/cm^3$, 녹는점 1064도, 원자번호 79. 금이 확실해. 그건 그렇고, 어떻게 이런 물건이 여기 나타났지?"

"그건 제가 마신이기 때문입니다. 이제 저의 힘을 믿으시겠어요?"

"아니야. 이건 불합리한 일이야. 보나 마나 무슨 술수를 부렸겠지. 그럼, 이번에는 이걸 없애 봐. 그 속임수를 밝혀낼 테니."

F박사가 눈을 부릅뜨고 주시하는 앞에서, 달빛에 반짝이던 황금 자동차가 눈 깜짝할 새에 사라져 버렸다.

"보시는 바와 같습니다."

"흐음. 사라졌군. 분명히 사라졌어. 이거야말로 있

을 수 없는 현상이야. 도무지 믿기질 않는군."

나지막이 투덜거리는 박사에게 마신이 이렇게 말했다.

"이제 하나 남았습니다. 어떤 소원이 있으실까요? 마지막이니 신중하게 생각한 후에 말씀해 주세요. 아무리 복잡한 거라도 상관없습니다."

박사는 한동안 고개를 흔들며 생각에 잠긴 끝에, 결국 마지막 소원을 말했다.

"실로 가공할 만큼 불합리하군. 이런 현상이 존재하는 건 절대 용납할 수 없다. 난 이런 경험 따윈 하고 싶지 않아. 너는 나의 이 기억을 지우고, 그 단지로 들어가서 어디로든 사라져."

마신은 서글픈 표정을 지었지만, 순식간에 모습을 감췄다.

F박사는 아무 일도 없었다는 듯이 걸어갔다. 실제로 그의 머릿속에는 불합리한 것은 무엇 하나 들어 있지 않았다.

뚜껑이 닫힌 낡은 단지는 바닷가에서 한동안 파도에 이리저리 휩쓸리며 불만스러운 듯이 뒹굴었지만, 이윽고 바다 속으로 스르륵 빨려 들어갔다.

조사

그 물체는 어디에선지도 모르게 홀연히 나타났다.

그 지방은 밤이었다. 밤이라고는 해도 아직은 이른 시간이었다. 아이들은 빨수록 색깔이 변하는 눈깔사탕을 입에 넣은 채 텔레비전 시청에 푹 빠져 있었고, 광고가 나오면 생각이 난 듯이 손바닥에 사탕을 뱉고는 변해 가는 색을 확인했다. 독서를 좋아하는 젊은이는 소파 위에 엎드려 추리소설 책장을 넘겼다. 가정주부는 막 도착한 택배 꾸러미 끈에 가위를 밀어 넣었고, 아직 귀가하지 않은 남편은 아마도 어느 누드쇼 극장에서 알몸이 되어 가는 여성을 넋 놓고 바라보고 있을 것이다.

물론 하나같이 다 이렇게 지낸 것은 아니지만, 그럴 것 같은 분위기가 감도는, 모든 게 일상적이고 평화로운 밤이었다. 그러나 어처구니없는 사태는 이렇게 평화롭기 그지없을 때 곧잘 일어나곤 하는 법이다.

"앗, 저건 뭐지…?"

밖에서 요란한 외침 소리가 들려오자, 모두가 열중하고 있던 일을 내팽개치고 밖을 내다봤다.

"대체 무슨 일이야?"

"저기야, 저걸 좀 보라고!"

손으로 가리킨 것은 별들이 반짝이는, 맑게 갠 밤하늘이었다. 그 밤하늘에서 붉게 긴 꼬리를 끌며 가로지르는 무언가가 보였다.

"비행기 추락 아닌가?"

"그건 아닌 것 같은데. 별똥별의 일종일지도 모르지."

그것을 본 사람은 그리 많지는 않았다. 붉은 불꽃 꼬리는 마을 외곽의 언덕 너머로 사라졌지만, 곧이어 울려 퍼진 굉음과 땅울림은 그곳에 있던 사람들 대부분이 들었다.

"떨어졌다! 가 보자!"

무리를 지은 사람들이 잇달아 언덕으로 향했다. 그러나 경찰의 행동이 그보다 더 빨랐으므로 그 일대는 이미 비상망으로 에워싸여 있었다.

"가까이 다가가시면 안 됩니다. 아직 정체를 알 수 없어요. 위험한 물체일지도 모르니, 더 이상 앞으로 나가지 마세요."

경찰에게 가로막힌 사람들은 언덕 위에서 이야기를 나누며 그저 바라볼 수밖에 없었다.

"뭘까요? 이상한 물체였는데, 혹시 소형 우주선일까요?"

"그럴지도 모르죠. 그나저나 왜 이런 곳으로 날아왔을까?"

"모양새가 아주 멋지던데요."

그 물체는 경찰차에 설치된 조명등 불빛을 받아 은색으로 빛나며 어두운 들판 한가운데에서 환하게 떠올랐다. 우주선처럼 생겼다느니, 모양새가 아주 멋지다느니 하는 감상들에 걸맞게 길이 20미터, 직경 5미터 정도 되는 갸름한 형태의 물체였다. 앞코를 땅속에 처박고, 물구나무를 서 있는 듯한 모습이었다.

그러나 사람들이 아무리 이런저런 감상을 늘어놔도, 그 정체를 규명하는 데는 전혀 도움이 되지 않았다. 본격적인 조사는 다음 날 아침이 되어서야 시작할 수 있었다.

"선생님, 이쪽입니다."

미지의 물체가 아침 햇살에 반짝이기 시작하자, 승용차들이 꼬리를 물며 도착했고, 고지식하게 생긴 학자가 차에서 내려 한껏 거드름을 피우며 살펴보기 시작했다.

"흐음. 거의 본 적이 없는 낯선 물체군. 뭐, 넓은 의미에서 보면 미사일의 일종이겠지."

"선생님은 그쪽 분야의 전문가시죠? 이건 어느 나라의 물체일까요?"

"그게 바로 이상한 점이야. 지금까지 수많은 조사를 해 왔는데, 이런 건 도무지 본 적이 없거든. 게다가 자네들은 잘 모르겠지만, 저런 추진 기관은 이제까지의 연구에서는 생각지도 못 한 거야."

"그럼, 비밀리에 제작된 거라는 말씀이신지…."

"그것도 좀 이상해. 비밀리에 만든 거라면 이런 곳에 떨어뜨리는 실수를 할 리가 없겠지. 게다가 레이더

망도 있으니, 발사한 지점이 드러날 위험도 있고. 아무래도 내 생각에는 지구의 물체가 아닌 것 같군."

"그렇다면 다른 별에서 보냈겠군요."

"그렇게 판단하긴 아직 일러. 우리 학자들은 신중한 사람들이야."

"학자가 신중한 건 좋지만, 그렇게 비합리적인 말씀을 하시면 곤란합니다. 지구의 물체가 아니라면, 다른 별에서 보낸 게 틀림없잖습니까. 그게 아니면, 저게 우주 공간에서 자연적으로 발생해서 지구 중력에 이끌려 떨어졌다는 말씀인가요?"

"거참, 조용히 좀 하게. 아마추어들이란 정말 이상한 억지를 쓰려 든다니까. 지금부터 조사에 들어갈 테니, 방해하지 말라고."

학자는 동료들, 그리고 조수와 상의한 후, 분석 작업에 착수했다. 일단 멀리서 사진을 찍어 크기를 측정했다. 하지만 그런 식이면 정체를 해명하기까지 갈 길이 너무 멀었다.

"좋아, 전파를 쏴 보자고."

복잡한 안테나가 달린 장치가 운반되었고, 전파가 발사되었다.

"선생님. 역시 금속 재질의 물체 같습니다. 전파가 반사됩니다."

"과연. 하긴 금속 재질 같다는 건 저 은색으로도 알 수 있으니 말이야. 그렇다면 레이더망 보고가 없었던 점으로 봐서, 대기권을 뚫고 위에서 내려온 거라고 볼 수 있겠지. 그래서 레이더로는 포착하기 어려웠던 거고."

"역시 우주 어딘가에서 날아온 물체겠군요."

학자들은 겨우 이 물체가 금속으로 되어 있고, 우주에서 날아왔다는 사실을 알아냈다. 하지만 어디서부터 어떻게 일을 착수해야 할지 짐작도 할 수 없었다.

그때, 조금 전 분석 장치를 조작하던 조수가 보고했다.

"저 안에서 이상한 전파가 발신되고 있습니다. 여길 좀 보세요."

그 전파는 물체의 꼬리 쪽 언저리에서 나오는 듯했다. 계기판 바늘이 의미심장하게 흔들리고 있었다.

"흐음. 분명 끊어졌다 이어졌다를 반복하며 전파가 나오는군. 안에 뭔가가 있는 거겠지."

"선생님. 뭔가가 아니라, 누군가일지도 모릅니다.

저 물체 속에 누군가가 있을지도 몰라요."

"그럴지도 모르지. 하지만 전파의 의미는 전혀 모르겠군."

"그야 그렇죠. 다른 별의 생명체가 타고 있을 테니까요. 보나 마나 어딘가의 행성 녀석이 우주여행을 나왔다 도중에 사고가 나서 불시착했을 겁니다. 저건 구조를 요청하는 전파일 게 틀림없어요. 그렇다면 그냥 보고만 있을 순 없어요. 빨리 구출해서 가능한 한 최선을 다해 도와주자고요. 우리 지구인의 친절을 보여 줘야죠."

젊은 조수가 의욕에 넘쳐서 말했다. 학자는 고개를 끄덕이며 그 물체로 다가가 한 바퀴를 돌아보았다. 그리고 고개를 갸웃거렸다.

"그런데 구조하려 해도 출입구가 어디에 있는지 통 모르겠군. 어디를 열어야 할까? 안에 누군가가 있다면, 어떻게 들어갔지?"

그러고는 물체 주변을 빙글빙글 돌기 시작했다. 조수들도 그 뒤를 따라 돌았다. 이래서는 끝이 없겠다고 생각한 순간, 물체에 돌연 변화가 생겼다.

"앗, 껍질이 벗겨졌다!"

이상한 소리처럼 들리겠지만, 정말로 그런 느낌이

었다. 물체의 바깥쪽을 덮고 있던 은색 금속이 흡사 꽃잎이 벌어지듯 활짝 열리며 벗겨졌던 것이다.

멀리서 지켜보고 있던 군중이 환호성을 질렀다.

"드디어 껍질이 벗겨졌네요."

"아니, 나는 땅에 떨어진 잘 익은 밤송이가 가시 돋친 겉껍데기에서 알맹이를 드러내는 느낌을 받았어요. 어쩌면 저건 우주에서 흘러온 과일일지도 몰라요."

"학자들은 안에 뭔가가 있다고 생각하는 모양인데, 안에서 우주인이 튀어나온다면 그거야말로 동화 같은 얘기잖아요."

우주의 과일이라는 사람들의 가정처럼, 이를 증명해 주는 듯한 사태가 잇달아 일어났다. 그 상황은 물체 가까이 있던 사람들 사이에서 소리로 바뀌어 퍼져 나갔다.

"선생님, 무슨 맛있는 냄새가 나는데요. 배가 고파졌어요. 무슨 현상일까요?"

조수는 자기도 모르게 가까이 다가갔다. 그러고는 금속 껍질 밑에서 나타난 핑크색 젤리 비슷한 물질로 손을 뻗었다. 그 모습을 본 학자가 허둥지둥 소리쳤다.

"멈춰! 함부로 만지지 마! 맛있는 냄새가 나는 건

분명하지만, 아직 무슨 물질인지 몰라. 긴 막대기를 가져와서 살짝 긁어 봐."

조수는 막대기를 찾으러 멀어졌고, 그 냄새는 군중 쪽으로도 퍼져 나갔다.

"냄새가 정말 좋군. 동물성도 식물성도 아닌 냄새인데 식욕을 자극하는 건 분명해."

"난 입 안에 침이 고였어요. 한 입이라도 좋으니 정말 먹어 보고 싶어요."

그 냄새는 인간만 자극한 게 아니었다. 사람들 틈바구니에서 튀어나온 개 한 마리가 그 물체로 달려들었다. 학자와 경찰들이 당황해서 허둥대는 사이, 그 개는 핑크색 젤리 상태의 물질을 베어 물었다. 경찰이 허겁지겁 그 개를 끌어내서 차 안으로 데려갔다.

"결국 개가 먹고 말았네. 개가 먹을 수 있으니, 우리 인간도 먹을 수 있겠죠. 저건 우주 과일이 확실해요."

"하지만 과일치고는 너무 인공적이에요. 나는 분명 어느 행성에서 지구로 보낸 선물이라고 생각해요. 어쨌거나 첫 선물은 음식이 제일이니까요. 실용품이나 취미 용품은 사귀고 나서 상대의 취향을 안 다음에 주잖아요. 음식은 문명의 발달 정도에 상관없이 누구나가 기뻐하죠."

이번에는 사람들 사이에서 선물이라는 설이 제기되었다. 그러나 수많은 사람들이 모이면, 개중에는 삐딱한 소리를 하는 사람도 나오게 마련이다.

"그렇게 만만하게 해석할 물질은 아니겠죠. 기뻐할 물건이라고 해서 꼭 선물이라고 장담할 순 없어요. 물고기에게 낚싯줄 끝에 매달린 미끼가 선물일까요? 저속에는 분명 낚싯바늘 작용을 하는 물질이 들어 있을 겁니다. 좋다고 섣불리 베어 물었다간 눈 깜짝할 사이에 안에서 끈적끈적한 액체가 흘러나와 딱 붙어 버려서 옴짝달싹 못 할지도 몰라요. 그러면 저것이 당황해서 허둥대는 무리를 매단 채로 떠오르는 구조겠죠. 인간을 낚아챌 거라고요. 의심 없는 선량한 사람들은 그런 꼴을 당하게 될 겁니다. 세상 이치가 그렇잖습니까. 우주도 마찬가지예요."

물체 옆에 있던 학자들도 물론 신중했다. 막대기를 가져온 조수가 멀찍이서 젤리 상태 물질을 회수하기 시작했다. 그 물질은 상당히 부드러웠으므로 긁어내는 작업은 순조롭게 진행되었고, 금세 용기 안을 가득 채웠다. 조수가 말했다.

"왜 이런 물질을 썼을까요?"

"전혀 모르겠어. 어쨌든 천천히 분석해 보자고."

그런데 얼마쯤 지나자, 또다시 변화가 생겼다.

"선생님, 안쪽에 뭔가 단단한 물질이 있습니다. 어떻게 할까요?"

"그럼, 조심해서 작업을 진행해. 젤리 상태 물질만 살살 긁어내라고."

작업이 진행될수록 안쪽에서 갈색을 띤, 단단해 보이는 물체가 드러났다. 군중은 또다시 환호성을 질렀다.

"에이 뭐야, 속까지 다 먹을 수 있을 줄 알았는데, 바깥쪽의 일부분뿐이잖아. 엄청난 과대 포장이군. 뭐 저따위 선물이 다 있어!"

"아니, 그렇게 단정하긴 아직 일러요. 아마 저 속에는 무슨 음료가 들어 있을 거예요. 술일지 식후 커피일지는 모르지만, 음료도 틀림없이 맛있을 거예요. 저기 봐요, 학자들도 칼을 준비하기 시작했어요. 이제 곧 밝혀질 겁니다. 어쨌거나 조금 전 젤리도, 이제부터 나올 음료도 분석 작업에 들어가겠죠. 지구의 식생활 수준도 훨씬 향상될 거예요."

"안 돼, 칼 같은 걸로 구멍을 뚫으면 큰일 나. 저건 과일의 씨야. 저걸 그대로 두면, 조만간 성장해서 과일이 주렁주렁 매달릴 텐데, 인간은 정말이지 조급해서 탈이야. 지금까지 그 조급함 때문에 얼마나 많은 실패를 했나. 언제 다시 손에 넣게 될지 모르는 우주의 귀한 과일인데 말이야."

이러쿵저러쿵 저마다 멋대로 관찰한 감상을 늘어놓았다. 한편 물체 가까이 있는 관계자들은 좀 더 그럴듯한 의견을 주고받았다.

"선생님. 어째서 젤리 상태 물질 속에서 단단해 보이는 물체가 나타났을까요?"

"흐음. 아무래도 일종의 플라스틱 같군. 이건 내 상상인데, 조금 전 젤리 같은 물질은 외벽과 내벽 사이를 채운 충전재쯤 되겠지. 우주 공간의 온도 변화가 내부에 영향을 못 미치도록 하는 물질이지. 정말 훌륭한 아이디어야. 그뿐만이 아니지. 혹시 저 안에 생명체가 타고 있다면, 불시착할 경우 식료품으로 전용轉用할 수 있는 물질로 만들었겠지. 정말 대단한 발상이야."

그때 전파 담당자가 다시 보고했다.

"계속 발신되던 전파 양상이 조금 바뀐 것 같습니다. 물론 의미는 알 수 없지만, 빨리 일을 진행해 달라고 호소하는지도 모르겠습니다."

"좋아, 어찌 됐든 조사를 계속할 수밖에 없어. 그렇게 심하게 단단한 것 같진 않군. 손잡이가 달린 칼로 세게 긁어 봐."

절연체 손잡이가 달린 칼을 길게 뻗어 물체의 표면을 세게 긁었다.

"앗, 깎여요. 대체 뭘까요?"

"모르지. 좀 더 깎아 봐."

작업이 진행됨에 따라 갈색 플라스틱 같은 물체는 점점 더 깎여 나갔다.

군중도 과연 앞으로 어떻게 될지 기대하며 흥미진진하게 지켜보았다.

"점점 더 재미있어지네요. 저건 가다랑어포 같은 것이고, 국물을 내는 데 쓰는 걸까요?"

"설마, 그럴리가요. 그래도 잘 깎이긴 하네요. 나뭇가지를 깎아 내는 느낌이에요."

여전히 물체의 정체는 밝혀지지 않은 채, 작업이 계속 진행되었다.

"선생님, 뭘까요? 이건…?"

"곧 분석해 보겠지만, 아마 연료가 아닐까 싶은데.

좀 더 깎아 봐."

"이상해요. 칼날의 이가 나갔어요. 안쪽으로 갈수록 더 단단해져요."

"흠 그렇군. 그럼 일단 칼로 깎아 낼 수 있는 부분만 벗겨 내 보자고."

이번에는 갈색이 더욱 짙어지며, 칼날이 들어가지 않게 되었다. 그쯤에서 모터와 연결된 드릴을 갖다 댔지만, 어지간히 단단히 물질인지 드릴로도 구멍을 뚫을 수가 없었다.

"전파가 또 바뀌었습니다. 빨리 해 달라는 말일까요, 아니면 여는 방법을 알려 주는 걸까요? 무슨 뜻인지 알면 좋겠는데…."

"하지만 말이 통하질 않으니 어쩔 수 없지. 그런데 안에 누가 있다면, 어떻게 들어갔을까? 무슨 요령이 있는 걸까, 아니면 드나드는 특별한 장치가 있는 걸까? 그나저나 드릴도 효과가 없으니 난감하군. 그럼 이번에는 가열해 볼까? 갑자기 열을 가하면 위험할 테니, 알코올램프 정도 되는 걸로 시도해 보자고."

이번에는 기계로 된 기다란 팔에 알코올램프를 올리고는 역시나 멀찍이 서서 물체 가까이로 뻗었다.

사람들도 몸을 숙여 가며 조마조마한 마음으로 들여다보았다.

"어라, 단단해 보였는데 열에는 약한 것 같네요. 흐물흐물 녹기 시작했어요."

"도대체 안에서 뭐가 나올지, 두 눈으로 확인하기 전에는 도저히 못 돌아가겠어요."

일단 녹을 만한 것은 녹아내렸다. 그러나 그 속에서 알코올램프 불꽃으로는 녹일 수 없는 부분이 드러났다.

"좋아, 좀 더 강한 열을 가해 보자."

알코올램프 대신 이번에는 좀 더 고열을 내뿜는 버너로 시도해 보았다. 버너로 고열을 가하자, 그 물체가 다시 녹기 시작했다.

그러나 그 작업도 곧이어 중단되고야 말았다.

"이젠 아무리 고열을 가해도 끄떡하질 않습니다. 또다시 막다른 벽에 부딪쳤어요."

그렇다고 해서 조사를 중지할 수는 없는 노릇이었다. 학자들은 어떻게든 그 난관을 돌파하려고 머리를 맞대고 상의했다. 군중도 점점 더 열광하기 시작했다.

"힘내, 거기서 멈추면 안 돼! 아직 시도하지 않은 방법이 있을 거야!"

학자들에게 성원을 보내는 사람까지 나왔다. 물론 성원이 있든 없든, 학자들은 노력을 멈추지 않았다.

"어떡하지? 이번에는 차갑게 해 볼까?"

"그 부분이 맹점이었는지도 몰라요. 한번 해 봅시다."

트럭으로 옮겨 온 냉동장치를 미지의 물체의 일부분에 쏘였다. 해당 부분은 냉각되어 극도의 저온으로 내려갔다.

희미하게 파지직거리는 소리가 들렸다.

"무슨 소리가 났어! 장치를 중단해 봐."

"선생님, 냉각된 부분에 균열이 생긴 것 같습니다."

이 기세를 몰아 냉각 작업이 물체의 전면에 실행되었다. 그 작업이 끝나자, 금이 간 층이 잇달아 벗겨지며 떨어져 내렸다.

"제대로 먹혔네요. 그런데 아직도 다음 단계가 있어요."

이렇게 되니 오기로라도 그만둘 수 없는 감정이 솟구쳤다. 군중도 더더욱 열광했다.

"포기하지 마. 과학은 이럴 때 쓰라고 있는 거야. 최신 기술을 모조리 사용해!"

분명 그 말이 옳다. 수수께끼를 해결하지 못한 채로

방치하는 것은 문명의 퇴보를 인정하는 셈이다. 사람들이 말을 하기도 전에 관계자들은 이미 방사선 발생 장치를 가져왔다.

"좋아, 이번에는 방사선이다. 이걸 집중적으로 쏘면 대부분의 물질은 약해져. 당장 시작해!"

"하지만 그런 걸 사용하면 안에 있는 생명체는 어떻게 되나요?"

"이제 와서 그런 걸 따질 순 없어. 게다가 설령 안에 생명체가 있다고 해도 문제없을 것 같은데. 지금까지 이 정도의 고열, 저온에도 죽지 않았어. 처음과 비교하면 다소간 변화는 있지만, 여전히 전파를 계속 보내고 있다고."

전파는 끊어졌다 이어졌다 하며 여전히 의미심장하게 발신되고 있었다.

푸르께한 빛깔의 거대한 태양을 가진, 어느 행성에서는 복잡하게 얽힌 커다란 안테나가 계속 수신을 받고 있었다.

"어때? 여러 별들로 보낸 무인 소형 우주선에서 들어온 보고는?"

"지금 한 대에서 수신이 들어오고 있는 참입니다. 그나저나 정말 기발한 아이디어네요, 문명 측정용 우주선이라니."

"그래, 어떤가? 거기는 어느 정도야?"

"그쪽으로 데이터가 나오고 있어요. 동물은 분명 존재합니다. 젤리 상태의 물질은 먹은 것 같습니다. 그리고 칼을 사용하는 문명, 불의 발견 단계도 넘어섰어요. 고온, 거기에 저온을 만들어 내는 기술도 발달했습니다."

"그럼 방사선을 발생시키는 기술은 아직 모르나?"

"지금 막 수신이 들어오는 중입니다."

"그나저나 문명이 꽤 발달한 행성이 있긴 하군. 그런 별이 우주로 진출해서 난동을 부리기 시작하면 골치 아픈데. 언젠가는 우리 별에도 오겠지? 공격은 최선의 방어야. 슬슬 처리하러 갈 준비를 할까."

"뭐, 좀 더 상황을 지켜보죠. 방사선으로 망가진 층 밑에서 나오는 맹독 가스를 과연 막을 수 있을지 없을지, 그걸 지켜본 후라도 늦진 않겠죠. 이제 곧 판명될 겁니다. 봐요…."

천국

"아아, 차라리 죽고 싶다⋯."

바의 스탠드에 양 팔꿈치를 괴고, 딱히 누구에게랄 것도 없이 중얼거렸다. 내 얼굴은 앞에 있는 큰 거울에도 비치는데, 저렇듯 변변찮은 중년 남자다. 아니, 이제 슬슬 초로의 나이로 접어들고 있었다.

"왜 또 그런 말씀을 하세요?"

그 말을 들은 바텐더가 물었다. 손님은 나 말고는 아무도 없었고, 가게 사람도 그 바텐더 말고는 아무도 없었다. 그래서 내가 나지막이 중얼거린 소리가 들린 거겠지.

"삶의 활력이 바닥나 버렸다고 해야겠지. 회사에서는 상사에게 야단만 맞고 승진은 전혀 기미가 안 보여. 집에 가면 시끄럽게 잔소리만 퍼붓는 못마땅한 아내한테 들들 볶일 뿐이야. 게다가 요즘에는 아들 녀석이 탐탁잖은 친구들과 어울리기 시작했어. 앞으로도 인생이 나아지질 않고 이대로 계속된다면, 죽고 싶은 마음도 들지 않겠나."

"과연, 그런 삶에서 해방되고 싶으신 거군요."

"그렇지. 죽을 때까지 이런 상태가 계속된다면, 차라리 종말을 앞당기고 싶어지는 게 당연하잖아."

"지당하신 말씀입니다. 뭣하면 제가 좀 도와드릴까요? 뭐, 일단은 이 위스키라도 드시면서 천천히 상담이라도 한번…."

바텐더가 술잔을 바꾸더니, 선반 구석에서 낯선 모양의 병을 꺼내 술을 따랐다.

"…드시죠."

그가 내 얼굴을 물끄러미 바라보았다. 나는 잠시 생각에 잠겼다가 그 술을 단숨에 들이켰다.

"편하게 죽는 약이라도 들어 있나 부군. 뭐 좋지. 이 세상에 더는 미련도 없어."

"짐작하신 대로입니다. 당신은 천국으로 가는 첫 단계를 통과하셨습니다."

바텐더가 빙긋이 웃었다. 그런데 아무리 기다려도 괴롭지도 않고, 몸에도 변화랄 게 전혀 없었다. 발끈한 나는 엉겁결에 고함을 쳤다.

"이봐, 농담도 정도가 있지. 독 같은 건 없잖아! 사람이 기껏 죽을 결심까지 했는데, 놀림거리로 삼아? 질이 아주 나쁘군."

그가 진지한 표정을 하고는 말했다.

"아니, 잠깐만 기다려 주세요. 독이 없는 건 분명합니다. 하지만 천국으로 안내해 드리겠다는 약속은 확실하게 지킬 겁니다."

"무슨 소린지 도통 모르겠군…."

"아무리 죽고 싶다고 하셔도 산 채로 천국에 갈 수 있다면, 그보다 좋은 건 없겠죠. 이 번잡한 세상과 이별할 수 있고, 무엇 하나 부족함 없이 여생을 보낼 수 있다면요. 게다가 돈은 전혀 필요 없어요."

"물론 그게 가능하다면야 그렇지. 하지만 믿기질 않는 얘기야. 그러니 죽을 결심을 한 게 아닌가. 솔직히 말해 보게. 정말로 그게 가능하단 말인가?"

"그렇습니다. 어때요, 이제 마음이 좀 내키십니까? 아니 뭐, 더 이상 놀림거리가 되기 싫다고 하시면 진짜 독약을 드리겠습니다만."

"부탁하네. 부디 그런 천국으로 안내해 주게. 기왕 세상에 태어났으니, 할 수만 있다면 그런 생활도 경험해 보고 싶군."

"그렇고말고요. 그럼, 내일 이 카드에 적힌 곳으로 와 주십시오. 아무쪼록 다른 사람에게는 절대 비밀로 하시고요. 천국에 못 가게 될 수도 있으니까…."

바텐더가 카드 한 장을 건넸다. 천사 마크, "에이절 협회"라고 적힌 글씨, 그리고 주소지가 인쇄되어 있었다. 의심스러운 이야기였지만, 마냥 부정해 버릴 수도 없겠다 싶었다.

다음 날, 그곳을 방문해 보았다. 성과가 없다고 해도 어차피 손해 볼 건 없지 않은가.

"아아, 잘 오셨습니다. 우리 권유 담당자 중 한 사람인 바텐더에게 연락이 와서 기다리고 있었습니다. 오늘은 제가 고객님을 도와드릴 거예요."

사무실에 있던 여러 직원 중, 한 청년이 에의 바르게 인사를 건넸다. 경계심이 조금 옅어지긴 했지만, 아무래도 짚고 넘어가야 할 듯싶었다.

"조건이 너무 좋아서 외려 좀 의심스러운데 말이죠."

"의심하시는 건 당연합니다. 사실 이 협회는 사회봉사적인 측면도 있습니다. 무료한 인생을 살아오신 분들을 조금이나마 위로해 드리려는 취지죠. 고객님께서 생각하시는 만큼 엉터리 얘기는 아니니, 그 점은 안심하십시오."

"그건 그렇고 천국에는 언제 갈 수 있습니까?"

"출발은 열흘쯤 뒤가 되겠죠. 기대하고 기다려 주십시오. 그런데 오늘은 사진을 좀 찍겠습니다."

"그야 상관없는데, 확실한 거죠?"

"걱정 마시고 맡겨 주십시오. 나흘 후에 자세히 의논을 드리려 하니 그때 다시 와 주십시오."

그날은 그렇게 사진을 몇 장 찍고 그냥 돌아왔다.

나흘 후, 다시 그곳을 방문했다.

"기다리고 있었습니다. 드디어 완성됐습니다. 어떻습니까, 한번 보시죠. 멋지지 않습니까?"

그 말을 듣고 시선을 돌린 방 한구석에는 내가 있었다. 마치 거울 앞에 선 것 같았다.

"이건 너무 놀랍군. 누굽니까, 저건…?"

"물론 고객님이죠. 지난번에 찍은 사진을 바탕으로 만든, 당신을 꼭 빼닮은 인형입니다."

"그래요? 그런데 저걸 어떻게 사용한다는 거죠?"

"이렇게 사용합니다."

직원이 별안간 내 손을 비틀어 올렸다.

"아악! 살려 줘!"

엉겁결에 크게 고함을 질렀다. 그러자 그가 바로 손을 떼고 고개를 숙였다.

"실례했습니다. 잠깐 녹음을 하려고 그랬습니다."

점점 더 영문을 알 수 없었다.

"대체 이게 어떻게 된 겁니까? 천국에 가는 게 이렇게까지 손이 많이 갈 일인 줄은 몰랐는데… 너무 번거로울 거 같으면 그만두는 게 낫겠어요."

"아뇨, 준비는 이걸로 다 끝났습니다. 그럼, 이제 설명해 드리죠. 이 로봇은 겉모습은 고객님과 물론 똑같지만, 기능으로 말하자면 조금 걸을 수 있는 정도에 지금 녹음한 소리로 외치는 것뿐입니다. 하지만 그거면 충분합니다. 조만간 죽게 될 테니까요."

"그 로봇이 죽는 거랑 내가 천국에 가는 게 무슨 상

관입니까?"

"이해가 안 되십니까? 세상 사람들에게는 당신이 죽는 겁니다. 아 참, 그리고 그 전에 생명보험에 가입해 주셔야 합니다. 물론 납입은 저희 쪽에서 해 드립니다."

"아하 과연. 그걸 나누자는 얘기군. 기막힌 방법이야."

"그렇지는 않습니다. 보험금은 모두 저희가 수령합니다. 죽은 사람이 돈을 쓰는 건 말이 안 되고, 만에 하나 발각이 되면 곤란하니까요. 그러나 천국에서의 생활은 저희가 보장해 드립니다. 천국에서는 돈 같은 건 필요 없습니다."

"그건 그렇지. 기왕 여기까지 왔으니 믿어 보기로 할까."

"그건 그렇고, 죽는 방법 말입니다만… 여러 사람이 지켜보는 와중에 요란하게 죽는 걸로 하겠습니다. 용소龍沼(폭포수가 떨어지는 벼랑 바로 밑에 있는 깊은 웅덩이-옮긴이), 바다, 분화구에 떨어지는 방식으로 사체가 안 남는 방법을 선택했는데, 혹시 특별히 따로 희망하시는 방법이라도…?"

"아니, 딱히 없어. 그쪽에 맡기지."

"그럼, 저희가 알아서 적당히 고르겠습니다."

며칠 후. 항구에 조용히 정박해 있는 배의 한 선실에서 기다리자, 예의 그 직원이 찾아왔다.

"모든 게 순조롭게 끝났습니다. 덕분에 저희 쪽으로 보험금도 잘 들어왔고요. 그럼, 이제부터 천국까지 모셔다 드리겠습니다. 순조로운 사망을 축하드립니다."

"내가 죽어서 축하한다는 말을 들을 줄은 꿈에도 몰랐군. 그런데 어떻게 죽었는지는 알고 싶은데."

"수력발전소 댐으로 떨어졌습니다. 그렇게 하면, 사체가 발전장치에 말려 들어가서 산산조각이 나겠죠. 원격조종으로 휘청휘청 발을 헛디디게 하고, "아악! 살려 줘!"라고 외치게 해서 사람들 눈길을 사로잡은, 완벽하고 멋진 최후였습니다. 만일을 대비해 증거 사진을 찍어 뒀는데 어때요, 보도사진으로도 팔릴 만하죠?"

건네받은 사진에는 얼굴을 정면으로 향한, 더할 나위 없이 절박한 나의 최후의 순간이 찍혀 있었다.

"그런데 이젠 어디로…?"

밤이 되자, 배는 남쪽으로 향했다. 파도 소리가 뱃전을 기분 좋게 어루만졌다.

"물론 약속드린 대로 천국으로 갑니다. 남쪽 섬에 저희 협회가 외국 협회와 공동으로 만들어 둔 낙원이 있습니다. 모든 것으로부터 해방되고, 뭐든 얻을 수 있는 낙원이…."

"그런 곳이 있었군. 뭐라 감사의 말을 해야 할지 모르겠소."

"기뻐해 주시는 것만으로도 뿌듯합니다. 지금까지 고달픈 인생을 살아오신 분들에게는 당연히 그 정도 권리는 있어야죠."

그 말대로 며칠쯤 후에 그 섬에 도착했다. 상쾌한 공기, 바다 냄새, 어디선가 풍겨 오는 열대 꽃의 향기 그리고 설비를 제대로 갖춘 아담하고 깨끗한 주택….

"자, 여깁니다. 그럼, 저는 이만…."

"고맙소. 이런 곳에서 여생을 보내게 될 줄이야. 아아, 모든 게 꿈만 같군. 그런데 저 선배들 표정은 왜 저렇게 시무룩하지…?"

"글쎄요, 너무 즐거워서겠죠."

"그런가?"

머지않아 그 원인을 알았다. 나는 그것을 해결하기 위해 보트를 만들기로 했다. 그런 나를 발견한 관리인이 '너도 또 시작이냐'라는 듯한 분위기로 내게 말했다.

"뭘 만들고 있군. 무슨 불만이라도 있나?"

"부탁입니다. 못 본 척해 주세요. 원하는 건 뭐든 다 얻을 수 있어서 불만은 없습니다. 그런데 왠지 고함치던 상사와 잔소리만 퍼붓던 아내, 못난 아들놈과 함께했던 생활이 그리워서 견딜 수가 없습니다. 다시 돌아가게 해 주세요. 어떤 보상이라도 할 테니까요."

"터무니없는 소리. 천국에서 돌아갈 수 있을 리가 있나. 정 그렇게 돌아가고 싶거든 헤엄쳐서 가든가. 그러면 도중에 익사해서 어디선가 환생하게 될지도 모르지."

아, 그런 방법이 있었군. 그럼 그 방법을 써 보자.

무중력 범죄

"발사 30초 전, 29, 28….."

드넓은 공항에는 멀찍이 우주선을 둘러싸고 수많은 사람들이 모여 있었다. 그 위로 스피커에서 흘러나온 카운트다운 소리가 퍼져 나갔다. 이는 이제 곧 출발하려는 우주선에서 나는 소리로, 그 안에는 지구 근처를 지나는 작은 혜성을 조사할 탐험대원들이 타고 있었다.

"3, 2, 1, 발사!"

갑자기 눈앞이 안 보일 정도로 강렬한 불기둥이 후미에서 분사되기 시작했고, 은색으로 빛나는 거대한 선체가 하늘로 치솟았다.

"벌써 저렇게 작아졌어."

"무사히 임무를 마치고 돌아오면 좋을 텐데."

지켜보는 사람들은 그런 대화를 나누며 서서히 고개를 뒤로 젖히고 우주선을 배웅했다. 우주선은 드높은 하늘에 떠 있는 하얀 구름 틈새로 자취를 감췄다.

"아아, 마침내 사라졌네. 저 우주선이 돌아올 때에 맞춰 또 보러 옵시다."

공항을 가득 메운 사람들이 드디어 뿔뿔이 흩어졌다. 그런데 언제까지고 우두커니 멈춰 선 채로 하늘을 올려다보며 기분 나쁜 미소를 흘리는 남자가 있었다.

"의심스러운 작자군. 물어볼 게 있으니, 잠시 우리와 같이 갑시다."

수상하게 여긴 경찰이 그 남자에게 말을 건넸다. 그러나 남자는 외려 웃으면서 이렇게 대답했다.

"어, 저요? 좋습니다, 가시죠. 하지만 누구도 날 절대 잡아들일 순 없어요. 설령 저 안에 탄 탐험대원들이 모두 불타 죽는대도."

"뭐라고…?"

경찰이 그 남자를 경찰서로 연행했다. 남자는 저

항도 하지 않고 순순히 따라왔다. 자못 자신감 넘치
는 태도였다.

"뭔가 끔찍한 짓을 꾸미고 있는 녀석이 잡혔어."

경찰서 전체가 술렁였고, 형사는 당장 그 남자를 취
조하기 시작했다.

"대체 무슨 짓을 꾸민 거요? 설명 좀 해 주겠소?"

남자가 유유히 의자에 앉더니, 대답하기 시작했다.

"해 드리고말고. 나도 저 우주선에 타고 싶어서 지
원했었어요. 그런데 선발 과정에서 제일 먼저 탈락했
지 뭡니까. 기분이 너무 나빴죠. 그래서 일을 벌였습
니다."

"하지만 선발 과정에는 지능이나 신체적 조건 등
여러 가지 검사가 있었소. 거기에서 떨어지면 어쩔 수
가 없잖소. 그건 그렇고, 대관절 무슨 짓을 한 거요?"

"우주선 화물칸에 서류 상자가 있다는 걸 알았습니
다. 그래서 그 속에 그럴싸한 걸 숨겨 뒀어요. 뭘 숨겼
을 것 같나요? 라이터예요. 무중력상태가 되면, 눌러
둔 추가 용수철처럼 튀어 오르며 저절로 떨어져 나가
불이 붙는 라이터 말이에요."

"뭐, 뭐라고?"

"불은 활활 타오르며 옆에 있는 서류로 옮겨 붙겠죠. 승무원실 쪽 녀석들이 알아챘을 때면 화물칸은 이미 손을 쓸 수 없을 정도로 불바다가 될 테고요. 모두가 허겁지겁 도망치려 하겠죠. 하지만 도망친다 한들 어디로 가겠어요? 공교롭게도 밖은 극심한 추위와 진공뿐인 우주 공간인데. 어때요? 기막힌 아이디어 맞죠? 지금쯤 녀석들은 모조리 타 죽었을 거예요. 꼴좋게 됐지."

형사는 새파랗게 질려서 관계자들에게 이리저리 전화를 걸었다. 그리고 수화기를 내려놓자마자, 고함을 쳤다.

"네놈은 무지막지한 짓을 저질렀어! 그런 짓을 저지른 이상, 무사하지 못할 거라는 건 알고 있겠지?"

그러나 남자는 여전히 희미한 미소를 머금고 있었다.

"그 정도는 알아요. 그리고 아무도 날 체포하지 못한다는 것도."

"무슨 소리야? 엄연한 범죄에다 매우 심각한 중범죄인데."

"그럴까요? 하지만 유죄를 입증할 수 있는 증거는요? 그 물증은 불타 버린 우주선과 함께 끝없이 날아가 버렸을 텐데. 아니면 우주 끝까지 쫓아가서 구해 올

건가요? 설령 그렇게 해서 끝끝내 손에 넣는다고 해도 몇백 년은 지난 다음이겠죠. 이제 와서 누가 아무리 난리를 친대도 소용없을 겁니다."

남자가 말문이 막힌 형사를 향해 비웃음을 흘리며 조롱했다.

바로 그때, 책상 위의 전화기가 울렸고, 형사가 그 전화를 받았다.

"아아, 그렇군. 범인은 확실하게 잡아 둔 상태야. 석방은 안 할 테니 걱정할 거 없어."

통화를 끝낸 형사가 남자를 향해 미소를 지으며 이렇게 말했다.

"너는 일이 잘 풀린 줄 알았겠지만, 꼭 그렇진 않아. 방금 무전으로 우주선과 연락이 닿아서 증거물을 손에 넣었다."

"뭐, 실패했다고? 하지만 그 라이터가 점화되지 않았을 리가 없는데…"

"무중력에 관해 제대로 모르는군. 무중력상태에서 무게가 사라지는 건 분명해. 하지만 무게가 사라지는 건 추만이 아니야. 모든 것에 다 해당되지. 공기도 마찬가지야. 따라서 뜨거워진 공기나 차가운 공기나 무

46

게는 같아. 다시 말해 대류 현상이 일어나질 않는 거지. 그러니 그 라이터로 어렵사리 불이 붙는다 해도, 주위의 산소를 다 써 버리면 그대로 꺼질 수밖에 없어. 화물칸에는 선풍기도 없으니까."

고개를 떨어뜨린 남자에게 형사가 담배를 권하며 라이터를 켜 주었다.

"자, 담배라도 한 대 피우지 그래. 여기는 중력이 있으니 대류 현상도 일어나고, 잇달아 새로운 공기가 보급돼서 천천히 불도 붙일 수 있으니까 말이야."

우주의 여우

한 남자가 여우를 데리고 우주 연구소에 나타났다.

"이봐요, 무슨 일입니까? 그런 걸 데려오면 어떡해요. 여긴 동물원이 아니라고요. 이러면 곤란합니다."

담당자의 말에 그 남자는 이렇게 설명했다.

"아니, 이 여우는 평범한 여우가 아닙니다. 저는 여우에 관해 오랜 세월 연구했습니다. 당신들은 잘 모를 테지만, 여우에는 둔갑하는 종류와 둔갑하지 않는 종류가 있습니다. 저는 최근에 현격히 감소한, 둔갑하는 종류의 여우를 잡아 사육해서 그 숫자를 차츰 늘렸습니다."

"허어, 참 희한한 일을 하시는군. 그런데 우주 연구소에는 무슨 일로 오셨죠?"

"사실은 그 여우를 여기에서 좀 사 주셨으면 해서 견본으로 한 마리 데리고 와 봤습니다."

"그런데 대관절 우주랑 여우가 무슨 관계가 있는지 설명을 좀…."

"남극 탐험이면 사할린 허스키로 충분하겠지만, 우주 탐험을 할 때는 개처럼 한 가지 역할밖에 못 하는 동물은 곤란합니다. 아니, 이렇게 말로만 떠드는 것보다 직접 보시는 게 훨씬 빠를 겁니다."

반신반의하는 연구소 직원들 앞에서 실험이 실시되었다. 여우는 남자의 신호에 따라 순식간에 사할린 허스키로 둔갑하더니, 썰매를 끌었다.

"어떻습니까? 이것만으로도 이미 사할린 허스키를 능가한다는 걸 아시겠죠?"

다음은 말로 둔갑해서 사람을 태우고 뛰어다녔고, 돼지로도 둔갑했다.

"어때요? 식량이 부족한 사태가 벌어지면, 이렇게 해서 먹으면 됩니다. 돼지고기가 싫은 사람은 소든 닭이든 자유자재로 바꾸면 돼요."

사람들의 감탄은 서서히 고조되었고, 마지막에 절세미인으로 둔갑했을 때는 절정에 다다랐다.

"우와, 이건 정말 대단한데! 이러면 우주에서 고독에 빠질 일은 없겠어."

"어떻습니까? 우주선처럼 한정된 공간에 태웠을 때, 이 정도로 도움이 되는 동물은 없을 것 같은데…."

모두가 동의했다.

그래도 만일을 대비해 본격적으로 검토해 보기로 했다. 조종사 한 명을 뽑아 그 여우와 함께 우주선에 태워 우주로 날려 보낸 것이다.

그리고 일주일이 지난 후, 우주선이 공항으로 귀환했다. 사람들이 지켜보는 가운데 문이 열렸고, 조종사가 모습을 드러냈다. 저마다 한마디씩 질문을 던졌다.

"어때? 도움이 좀 됐나?"

"아 뭐, 그럭저럭."

"맛은 어땠어?"

"뭐, 간신히 먹을 만한 정도죠."

그러다 한 사람이 조종사의 엉덩이 쪽을 가리키며 물었다.

"그런데 엉덩이에 붙어 있는 그 이상한 건 뭐야…?"

정 열

"천문학적인 예산이 들겠군요."

누군가가 한 말에, 소장이 대답했다.

"아, 네. 하지만 이 정도 장비는 필요합니다."

우주 연구소 회의실에서는 소장을 비롯한 많은 관계자들이 모여, 책상 위에 펼친 설계도를 에워싸고 검토를 계속하고 있었다.

모두 막대한 비용에 관해 언급했지만, 그럼에도 불구하고 사람들의 눈은 희망의 빛으로 가득했다. 그 설계도에는 거대한 우주선이 그려져 있었다

"정말 거대한 완성품이 나오겠군요."

"네. 이것은 지금까지 완성했던 화성, 금성 등을 방문한 우주선과는 규모 자체가 완전히 다릅니다. 우리의 태양계를 탈출해서 드넓은 공간을 넘어 다른 태양계를 방문했다 다시 돌아올 우주선이니까요."

소장이 도면의 곳곳을 가리켰다. 충분한 면적을 확보한 승무원실, 대량의 식량과 연료 등을 보관하는 저장실, 완비된 제어기, 목표 행성에 도착한 후 데이터를 기록할 카메라 등 각종 정교한 장치들.

소장이 설명을 덧붙였다.

"문제는 거리입니다. 태양계 내에서의 우주여행을 산책에 비유한다면, 다른 태양계를 방문하는 항성 간 비행은 해외여행에 해당하겠죠. 거리, 그리고 그곳까지 다다르는 시간과의 싸움입니다."

소장의 말에 관계자들이 마주 보며 고개를 끄덕였다.

"설령 비용이 아무리 많이 들더라도 이 계획은 반드시 실행시켜야 합니다."

"맞습니다. 이미 태양계 내의 행성을 모두 탐험한 현재 상황에서는 항성 간 비행이 전 인류의 간절한 염원입니다. 물론 소수의 회의론자는 어느 시대에나 있어요. 하지만 대부분의 사람들은 순수한 마음으로 이 계획을 지지합니다. 비용이 아무리 막대해도, 이 계획은 실현될 게 분명해요"

소장은 이어서 옆에 쌓여 있는 서류 더미를 가리켰다.

"이걸 보십시오. 승무원으로 지원한 사람이 이렇게나 많습니다. 수차례 정밀 검사를 마치고 적합 판정을 받은 사람들입니다. 이런 열의가 있는 한, 계획은 반드시 성공할 겁니다."

"그중에서 남녀 두 사람씩, 합계 네 명이 최종적으로는 승무원으로 뽑히는 거죠?"

"그렇습니다. 조금 전에도 말했듯이, 항성 간 비행은 거리와 시간에 대한 도전입니다. 여하튼 편도에 200년 가까운 시간이 걸리기 때문에 도저히 한 세대로는 도달할 수 없습니다. 최초 승무원의 손자 세대는 되어야 간신히 목표한 별에 도달할 수 있을 겁니다."

회의실 안에는 감탄의 숨소리가 흘러넘쳤다.

"아, 정말 훌륭한 젊은이들이야. 아무런 변화도 없는 우주에서 인생의 대부분을 보내고, 목적지로 향하는 도중에 일생이 끝난다는 걸 알면서도 자진해서 지원했으니 말이야."

"인류의 기대에 부응하기 위해 자기를 헌신하다니. 휴머니즘의 정수라고 할 만하군요."

"그렇고말고. 미래를 믿는 이런 에너지가 바로 문명을 발전시키는 힘이지. 이 설계를 완성한 기술자, 자금을 댄 사람들, 또한 우리도 이 우주선이 가져올 보고를 받기도 전에 세상을 떠날 수밖에 없어. 그런데도 우리는 실행하는 거지. 젊은이들을 태운 우주선은 인류의 밝은 미래를 믿고 무한한 공간을 초월하는 거야."

감격이 고조되었다. 인류를 저지하려는 무한한 공간. 그러나 어떻게든 끝까지 이뤄 내고 말 것이다.

그때, 방 한쪽에서 버저가 울렸다.

"뭐야? 지금 회의 중이다. 급한 일인가?"

소장이 인터폰에 대고 말했다.

"네, 긴급사태입니다. 정체불명의 거대한 우주선이 지구로 접근하고 있습니다."

"한 대인가?"

"네, 한 대입니다. 그런데 지금까지 관찰을 지속한 결과에 따르면, 별다른 적의는 없어 보여요. 이쪽에서 보내는 광선 신호에도 응답하고 있고요. 일단 공항으로 착륙을 유도할 생각인데, 괜찮을까요?"

"알았네. 그럼, 계속 경계하면서 공항으로 유도해 주게. 우리도 바로 공항으로 갈 테니."

소장은 명령을 내리고 관계자들에게 알렸다.

"지금 들으신 대로 어느 별에선가 우주선을 보낸 것 같습니다. 우연이긴 하지만, 이럴 때 방문한 건 어찌 보면 행운입니다. 우리 계획에 참고가 될 만한 사항이 분명히 있을 테니까요. 그에 따라 우리의 계획은 더더욱 완벽해지겠죠."

회의는 중단되었고, 일동은 긴장에 휩싸인 거리를 서둘러 지나 공항으로 향했다.

그 미지의 거대한 우주선은 은빛으로 반짝거리며 착륙을 시작하고 있었다.

"정말 크군."

"우리 설계도의 우주선도 완성될 무렵에는 저 정도 될 겁니다."

"뭐 하러 왔을까?"

모두가 주시하는 가운데, 우주선은 무사히 착륙을 마쳤다. 얼마쯤 지나 문이 열렸다.

"어떤 녀석이 나올까?"

사람들이 술렁거리는 가운데 휘청거리는 발걸음으

로 우주인 하나가 모습을 드러냈다.

"뭐야, 우리랑 비슷하게 생겼네."

"거의 똑같은데."

그러나 말을 건네도 대화는 통하지 않았다. 잠시 후 뇌파 감지기가 도착했고, 그것을 우주인에게 건넸다. 그것을 머리에 쓰라고 손짓으로 권하자, 우주인은 순순히 시키는 대로 따랐다. 드디어 의사소통이 가능해지기 시작했다.

"잘 오셨습니다. 우주선에 타고 계신 분이 많습니까?"

첫 질문은 이런 내용이었다. 그러자 상대가 대답했다.

"저 혼자입니다."

묻고 싶은 말이야 산더미같이 많았지만, 머나먼 공간 저편에서 찾아온 방문자에게 잇달아 질문 공세부터 퍼붓는 건 아무래도 좀 꺼려졌다. 그래서 다급하게 준비한 호텔로 안내했다.

호텔로 가는 길목에서 사람들은 눈에 띄지 않는 그늘에 숨어 신기한 듯이 자동차 위의 손님을 훔쳐보았다. 한편 우주인도 그에 못지않게 호기심 가득한 눈으로 처음 방문하는 이 별의 풍경을 두리번거리는 것 같았다.

요리와 술이 나오고, 어느 정도 안정이 된 것 같아서 다시금 우주인에게 질문하기 시작했다.

"저 우주선을 혼자 조종해서 여기까지 오신 건가요?"

"결과적으로는 그렇게 됐죠. 처음 우리 별에서 출발할 때는 네 명이었어요."

"그랬군요. 그러면 나머지 세 명은 어떻게 됐나요?"

"아니, 네 명은 이미 오래전에 다 죽어 버렸죠."

"그게 무슨 말씀인지…?"

"그 네 명은 나의 할아버지와 할머니인 셈이죠. 그들의 자식이 다시 말해 우리 부모님이고요. 삼대를 거쳐서 이곳에 겨우 도착한 겁니다."

사람들은 얼굴을 마주 보았다. 역시 어디나 같은 방법을 택하는구나 하는 감상을 서로에게 눈짓으로 전했다.

"당신들의 계획도 그랬군요. 그것은 실로 엄청난 노력이 필요했겠죠. 우리 지구에서도 앞으로 그 방법을 시도해 보려는 참이었습니다. 부디, 당신처럼 시간과 공간을 정복한 분에게 많은 가르침을 받고 싶습니다.

시간과의 싸움, 그것은 대단한 인내가 필요할 텐데, 어떻게 그걸 이겨 내셨습니까?"

"어떻게는 무슨…. 내가 철이 들 무렵에는 이미 우주의 한복판이었어요. 돌아갈 수도 없고 밖으로 뛰쳐나갈 수도 없는 상태로 시간이 흘렀고, 그 결과 여기에 도착했을 뿐이죠."

그 말을 듣고 보니, 왠지 좀 아쉬운 느낌도 들었다. 사람들이 기대한 것은 미지의 세계를 향해 정열을 불태우며 권태와 고독을 극복해 낸 모습이었기 때문이다. 그쯤에서 질문이 바뀌었다.

"당신 별의 문명은 어떻습니까?"

"그걸 내가 무슨 수로 알겠어요? 나는 공간을 이동하는 중에 태어났기 때문에 아무것도 몰라요. 혹시나 해서 우주선 안을 조사해 본 적도 있지만, 탐험 로켓이라 아무것도 없었죠. 이렇게 될 줄 알았으면 뭐라도 가져왔으면 좋았겠지만, 잠깐 가서 가져오겠다고 할 수도 없는 노릇이고… 하지만 그건 내 탓이 아니에요."

"그래도 할아버지 할머니에게 많은 이야기를 들었을 텐데요."

"아니, 사실 나는 조부모를 잘 몰라요. 내가 태어

나기 전에 돌아가셨으니까. 왜냐하면 할아버지 할머니는 나이가 들어서 자식을 낳았어요. 식량문제도 있었고, 또 한 세대의 기간을 최대한 늘려야 했으니까."

사람들은 술렁이면서도 질문을 계속 던졌다.

"맨 처음 우주선에 탄 네 분은 고생이 이만저만이 아니었겠군요."

"으음, 분명 그랬겠죠. 우리 아버지 얘기에 따르면, 조부모는 의욕이 충만한 상태로 출발했던 모양이에요. 사람들의 기대에 반드시 부응해야 하느니 어쩌느니 외치면서요. 우리 부모님은 귀에 딱지가 앉을 정도로 그 말을 듣고 컸던 것 같아요."

"그 마음은 충분히 이해합니다. 어떻게든 우주선을 목적지인 별까지 도착시켜야 하니까."

"하지만 제게는 별로 와닿질 않아요. 직접적으로 들은 얘기도 아니니까. 그리고 아버지도 저한테 그런 얘길 거의 안 했어요. 그 마음도 이해가 가요. 도망칠 곳도 없는 우주선 안에서, 본 적도 얘기해 본 적도 없는 고향 사람들의 기대에 부응하라고 줄기차게 외쳐 대면 정말 넌더리가 나겠죠. 난 그런 경험은 안 했으니, 그나마 다행이죠."

사람들은 또다시 시선을 주고받으며 얼굴을 살짝 찡그렸고, 마지막 질문으로 화제가 옮겨 갔다.

　　"그런데 당신은 앞으로 어떻게 할 겁니까?"

　　"사실은 어떻게 해야 할지 잘 모르겠어요. 아버지께선 이 태양계의 행성을 조사하고 자료를 정리해서 귀로에 오르라고 하셨죠. 그리고 수명이 붙어 있는 한, 계속해서 날아가고, 마지막에는 자동조종으로 전환하라고도요. 그러면 가는 도중에 마중하러 온 이들이 널 찾아내서 우리 별로 자료를 가지고 돌아갈 거라고 하시더군요. 그 방법 말고는 없는 모양이에요."

　　"그럼, 우리도 자료 수집을 도와드리죠."

　　"아니, 호의는 고맙지만 난 우주여행은 질렸어요. 이젠 그만 끝내고 싶어요."

　　"하지만 그러면 당신 별에서 기다리고 계신 분들이…."

　　"바로 그 점이 나로서는 도무지 와닿질 않는다는 겁니다. 만난 적도 없는 이들에게 어떤 감정을 가지라고 해도 그건 무리예요. 난 오히려 당신들이 훨씬 더 좋아요. 여기는 상당히 좋은 별인 것 같은데…."

　　"그럼, 어떻게 하실 생각인가요?"

"아까부터 든 생각인데, 나는 이 별에서 살고 싶어졌어요. 괜찮겠죠? 설마 날 우주로 다시 내쫓아서 죽게 내버려 둘 정도로 잔혹하진 않겠죠?"

"뭐, 그거야 자유입니다만…."

모두가 소리를 낮추고 수군수군 속삭였다.

"미지에 대한 정열을 불태우며 우주 한복판에서 일생을 마친 조부모와 부모, 그들이 이 사실을 알면 얼마나 한탄스러울까."

"그러게. 우리 계획도 다시 생각해 봐야겠어. 3세대만에 이렇게 되어 버린다면 말이야."

주위 분위기가 변한 것을 알아차렸는지 위대한 공간 정복자는 미안해하면서 이렇게 물었다.

"무슨 문제라도 있습니까? 절대 폐는 안 끼칠 겁니다. 돈이 문제라면, 제 우주선을 매입해 주세요. 아니, 저는 당분간 생활할 돈만 있으면 되니까 싸게 불러도 상관없어요. 그냥 고철값이라도…."

지장보살이 준 곰

"있잖아요, 할아버지. 또 무서운 꿈을 꿨어요."

아침 햇살이 비치는 창가 의자 쪽을 향해 꼬마가 조바심이 묻어나는 목소리로 말했다. 그곳엔 아이의 할아버지가 앉아 있었다.

"아가야, 꿈이란 건 말이다, 아침이 되면 다 사라져 버린단다. 그러니 너무 무서워할 거 없단다."

할아버지가 손자의 머리를 쓰다듬어 주며 대답했다. 창으로는 갯내가 밴 상쾌한 바람이 흘러들었다. 두 사람은 항구 근처 자그마한 언덕 위에 자리 잡은 집에 살고 있었다.

배 몇 척이 한가로이 쉬고 있는 그 항구로 눈길을 던지며 할아버지가 말을 이었다.

"…이제 세 달만 지나면, 아빠가 탄 배가 저 항구로 돌아오니까 말 잘 듣고 착하게 기다려야지."

꼬마의 아빠는 선원이고, 지금은 머나먼 외국 항구를 돌아다니는 중이다. 그리고 엄마는 꼬마를 낳고 얼마 지나지 않아 죽어서, 이 집에는 할아버지와 손자 둘이서만 살고 있었다.

"하지만 난 더 이상 무서운 꿈을 꾸고 싶지 않단 말이야. 어떻게 해야 돼요?"

그러나 할아버지는 어떻게 하면 좋을지 짐작이 가지 않았다. 아빠 엄마가 없는 쓸쓸한 생활이 무서운 꿈을 꾸게 만드는 원인이란 건 알지만, 그렇다고 무슨 뾰족한 수가 있을 리 없었다.

"틀림없이 오늘 밤에도 또 꿀 거란 말이야!"

할아버지가 대답이 없자, 손자가 몸을 흔들어 대며 소리를 높였다.

"그러게 말이다. 어떻게 하면 좋을까."

할아버지가 낮은 목소리로 중얼거리며 고개를 갸웃거리다 이내 입을 열었다.

"아 그럼, 지장보살님에게 참배하러 갈까?"

"지장보살님께 참배하면 무서운 꿈을 안 꿔요?"

"그렇지."

할아버지는 그렇게 대답할 수밖에 없었다.

"그럼, 빨리 가요."

손자는 뼈만 앙상한 할아버지의 손을 잡아당겼다.

"그럴까? 그럼, 앞뜰에서 보살님께 올릴 꽃이라도 좀 꺾어 가자꾸나."

화초 가위를 챙긴 할아버지가 손자와 함께 아직 아침 이슬이 채 마르지 않은 앞뜰로 내려갔다. 할아버지는 울타리를 빙 둘러 장미꽃 몇 송이를 잘라 줄기의 가시를 제거한 후, 손자에게 건네주었다.

"자, 이걸 들고 가자꾸나."

"응!"

지팡이를 짚은 할아버지와 꽃을 품에 안은 손자는 둘이서 언덕길을 내려가 언덕 발치의 작은 숲 옆에 있는 지장보살에게 갔다.

"자, 공손히 꽃을 올리고 소원을 빌어 보자."

꼬마는 자그마한 두 손을 모으고 두세 번 고개를 숙였다.

"지장보살님, 앞으로는 무서운 꿈을 꾸지 않게 해 주세요."

뒤에서 할아버지가 하는 말을 흉내 내며 꼬마가 말했다.

"이제 오늘 밤부터는 괜찮겠죠?"

꼬마는 한껏 신이 났는지 깡충거렸다.

"그럼 이제 마을 구경 좀 가 볼까?"

"응, 나 아이스크림 먹고 싶어요."

항구 마을을 산책한 두 사람은 공원에 앉아 잠시 쉬었다. 화초와 비둘기가 많은 공원에서 한동안 시간을 보냈다.

점심때가 다 되어 집으로 돌아와 보니, 아이 아빠가 보낸 소포가 와 있었다.

"아빠가 보냈구나."

"뭐가 들어 있을까?"

꼬마가 풀어헤친 포장 속에서는 공이 나왔다. 예쁜 색깔이 칠해진 그 공 속에는 방울이 들어 있어서 튕길 때마다 아름다운 소리가 울려 퍼졌다. 아이 아빠가 외국 항구에서 사서 보내 준 모양이다. 그날 꼬마는 잠들 때까지 그 공을 가지고 놀았다.

다음 날 아침, 할아버지가 물었다.

"그래, 어떠냐. 또 무서운 꿈을 꿨니?"

"꿈은 꿨는데, 무섭지는 않았어요."

"무슨 꿈을 꿨는데?"

"코가 긴 곰이 나왔어요. 같이 놀았는데, 정말 귀여워요."

"잘됐구나."

할아버지는 가슴을 쓸어내렸다. 아이스크림과 아빠가 보내 준 선물 덕분에 외로움이 조금은 가셨겠거니 생각했다.

그리고 두 사람은 한동안 조용하고 평화로운 나날을 보냈다.

"요즘에는 무서운 꿈 안 꾸니?"

"응. 코가 긴 곰이 나오는 꿈만 꿔요. 그 동물은 뭐라고 불러요? 그림책에도 안 나오는데."

"글쎄다, 곰이랑 닮았니?"

"응. 꼬리는 소처럼 생겼어요. 눈빛이 다정하고, 꿈에서 만날 때마다 조금씩 크는 것 같아요."

이마에 손을 얹고 생각에 잠겼던 할아버지가 잠시 후 입을 열었다.

"아아, 그건 분명 맥貘*이라는 동물일 거야."

"맥…?"

"무서운 꿈을 먹어 주는 동물이란다. 너의 소원을 들은 지장보살님이 한 마리를 보내 주신 게 틀림없어. 귀한 선물이니 많이 아껴 주렴."

"우리는 엄청 친해요. 빨리 크면 좋겠다. 그러면 맥 등을 타고 놀 수 있을 텐데."

"곧 클 거다. 너의 무서운 꿈을 모조리 먹어 치우면서 점점 커질 테니까."

할아버지는 다정한 미소를 머금은 눈빛으로 손자의 머리를 쓰다듬었다.

땅거미가 질 무렵. 꼬마가 집 앞에서 방울이 들어 있는 공을 굴리며 놀고 있는데, 뒤에서 갑자기 거친 목소리가 들려왔다.

"야! 그거 이리 줘 봐."

깜짝 놀라 돌아보니, 심술궂게 생긴 아이가 서 있었다.

"그 공, 꽤 재미있어 보이는데."

---

* 중국 전설에 등장하는 곰같이 생긴 동물. 코는 코끼리, 눈은 물소, 꼬리는 소, 발은 호랑이와 비슷하다고 전해지며 악몽을 먹는다고 한다.

그 아이는 꼬마보다 크고 힘도 세 보였다.

"싫어!"

"쩨쩨하게 굴지 말고, 빨리 내놓으라니까!"

그 아이가 명령하는 투로 말하며 꼬마의 어깨를 쿡 찔렀다.

꼬마는 무서워서 말문이 막힐 정도로 바들바들 떨었다. 예전에 계속 꿨던 무서운 꿈과 똑같았다.

"맥, 도와줘."

"뭔 소릴 하는 거야. 빨리 내놔!"

그 아이는 힘이 셌다. 꼬마는 공을 내던지고 울음을 터트리며 집으로 달려갔다. 공은 방울 소리를 울리며 언덕길로 굴러갔고, 못된 아이는 그것을 쫓아 뛰어 내려갔다. 큰길과 만나는 교차로에서 맹렬하게 달려오던 덤프트럭 밑에 깔릴 때까지.

내내 울던 꼬마는 간신히 잠이 들었다. 맥은 어제보다 훨씬 커져 있었다.

"엄청 많이 컸네. 뭘 먹었어?"

그러나 맥은 대답하지 않고, 여느 때와 다름없이 그 귀여운 눈에 배불리 먹은 만족감을 머금고 꼬마를 바라보았다.

"뭘 먹었든 상관없어. 난 네 등에 올라타고 싶어서 빨리 크기만을 기다렸거든."

맥 등에 올라탄 꼬마가 갑자기 부쩍 큰 맥의 부드러운 털을 신바람이 난 듯 어루만졌다.

황금 앵무새

벽시계는 새벽 두 시를 가리키고 있었지만, 그 방은 아직 불이 켜져 있었다. 방 한쪽에 놓인 침대 위에서는 한 청년이 무표정한 전기스탠드 불빛을 받으며, 아까부터 같은 동작을 반복하고 있었다.

눈을 깜박거리며 한숨을 내쉬고, 시계로 시선을 던지고, 머리맡에 있던 잡지를 펼쳐서 읽다가 재미없다는 듯이 책장을 덮었다. 오늘 밤도 역시나 그는 좀처럼 잠을 이룰 수가 없었다.

저녁 식사 후에 진한 커피를 마시는 습관이 있는 것도 아니다. 그렇다고 해서 흔히 그렇듯이, 다음 날 아침 출근을 걱정하는 것도 아니다. 그는 전기회사에서 기사로 일했는데, 얼마 전에 그 직장을 그만둬 버렸다.

독립해서 새로운 일을 시작하려고 자금을 쏟아부은 것까지는 좋았는데, 이익이 전혀 나지 않았다. 그렇다고 이제 와서 예전 직장으로 돌아갈 수도 없는 노릇이라, 앞일을 생각하면 눈이 말똥말똥해질 뿐이었다. 누구에게나 미래가 막막한 밤만큼 잠들기 힘든 밤은 없을 것이다.

그는 책을 덮고, 걱정스러운 기색으로 멍하니 문 쪽으로 고개를 돌렸다. 그리고 한숨을 막 내쉬려다가 갑자기 숨을 멈췄다. 그의 시선 끝에 잡힌 문손잡이가 살며시 움직이기 시작했기 때문이다. 숨을 삼키며 지켜보는 와중에 손잡이는 완전히 돌아갔고, 곧이어 문이 열렸다. 잠을 못 이루는 건 더 이상 문제도 되지 않는 상황이었다.

열린 문에서 소리도 없이 뛰어든 건 검은 복면을 쓴 두 남자였다.

그중 한 사람이 말했다.

"어이, 소리 내지 마! 전화기로 손 뻗지도 말고! 우리에겐 이런 게 있다."

둔탁하게 빛나는 검은 권총이 그의 가슴팍으로 육박해 왔다. 청년은 당연히 소리를 낼 수 없었다.

"목숨까지 빼앗을 생각은 없다. 원하는 것만 얻으면 돼."

다른 한 남자가 방 안을 휙 둘러보더니 창가로 걸어갔다.

"형님, 이거였죠?"

창가에 있던 황금빛 앵무새 장식품을 품에 안으며 물었다.

"그래. 그걸 빨리 가방에 담아."

여전히 권총으로 위협 받고 있던 청년이 갈라진 목소리로 말했다.

"아, 제발 그것만은… 그 순금 앵무새만은 안 됩니다. 제가 고심 끝에 만든 사업 아이템이에요."

권총을 들이댄 자가 비웃음을 흘리며 받아쳤다.

"웃기는 소리 작작 해! 애원한다고 안 훔쳐가는 도둑 봤어?"

"그야 물론 알지만, 그것만은 제발…."

"닥쳐! 난 금을 좋아해. 게다가 이런 물건을 밖에서 언뜻언뜻 보이는 창가에 놔두고 말야. 애초에 우리를 자극한 너한테도 책임이 있다고. 뭐 그냥, 자업자득이라 여기고 포기해."

"어떻게 그런 심한 말을…. 도둑도 자기 할 말이 다 있다고는 하지만, 그건 도저히 말이 안 돼요. 다른 물건은 뭐든 다 드릴 테니, 제발 그 앵무새만은 건드리지 말아 주세요."

"닥쳐! 게다가 달리 돈이 될 만한 물건도 없잖아. 아 참, 나중에 경찰에 신고하면 곱게 끝나진 않을 테니, 그리 알아!"

"아, 네."

"신고한 사실이 밝혀지면, 이 권총 탄환이 어디서 날아들지 몰라."

"알겠습니다. 경찰에는 절대 알리지 않겠습니다. 맹세해요."

"좋아. 야, 그만 가자."

권총을 든 남자와 황금 앵무새를 가방에 넣은 남자 둘은 문밖의 어둠 속으로 사라졌다.

"형님, 역시 일이 잘 풀렸네요."

깊은 밤, 도로를 달리는 자동차 안에서 둘은 대화를 주고받았다.

"으응. 우리가 하는 일에는 언제나 실수가 없지. 절대 지문도 안 남기고, 얼굴도 드러내지 않아. 지난번에 보석상을 털었을 때처럼 만에 하나 얼굴이 드러났을 때는 해치워 버리니까 문제될 게 없지. 아, 설마 미행당하는 건 아니지?"

"걱정 마세요."

자동차는 속력을 냈다 줄였다 하며 길을 에둘러 그들의 아지트에 도착했다.

"도착했어요. 우리 아지트가 이 A아파트의 3층인 줄은 아무도 눈치채지 못 할 겁니다."

"자, 그 가방을 방으로 옮기지."

그들이 방 안에서 가방을 열었다.

"아름다운 물건이군요."

"그래, 황금빛은 언제 봐도 마음이 즐겁지. 눈길을 사로잡는 것 같기도 하고, 마음이 온화해지는 것 같기도 하고. 그러면서도 머리가 산뜻하게 맑아져. 난 정말 금이 좋아."

"누구나 그렇죠. 그런데 그 청년은 이런 걸 만들어서 무슨 사업을 할 생각이었을까요?"

"낸들 아나. 아마도 이걸 신체神體로 삼아서 앵무

새교든 뭐든 사이비 종교라도 창단할 생각이었을지도 모르지. 뭐, 그거야 아무려면 어때. 내일 당장 이걸 녹여서 금괴를 만들자.”

“그럼, 이제 그만 잘까요?”

“아니, 잠깐. 그 전에 지금까지 번 돈부터 계산해 봐야지. 난 그래야만 잠이 와. 가만있자, 전자계산기가….”

눈부신 황금빛 앵무새 앞에서 남자가 전자계산기 버튼을 계속 눌렀다.

다음 날 아침, 문을 두드리는 소리가 들렸다.

“누구지? 야, 빨리 앵무새 숨겨.”

졸린 눈을 비비면서 문을 연 순간, 남자는 정신이 번쩍 들었다. 문 앞에 서 있는, 기다란 막대와 네모난 상자를 든 남자는, 어젯밤의 그 청년이 틀림없었다. 그러나 시치미 뗀 표정으로 인사를 건넸다.

“누구십니까? 그리고 무슨 일로 왔습니까?”

“어제 가져가신 황금 앵무새를 돌려주십시오.”

“무슨 소리예요? 당신이 내 얼굴을 본 적이라도 있단 말인가요?”

“아뇨. 얼굴은 처음 보지만, 황금 앵무새는 분명히

여기 있을 겁니다."

"모른다니까, 왜 이래! 아니면 생트집이라도 잡으러 왔나?"

남자가 살짝 위협적인 태도를 보였지만, 청년은 침착하게 손에 든 상자를 열고 녹음기를 꺼냈다.

"천만의 말씀. 증거는 여기 있어요. 저 앵무새 속에는 마이크와 소형 무선기가 들어 있단 말입니다. 이거야말로 내가 고심을 거듭해 완성한 발명품이죠. 나는 모든 걸 기록했고, 이 안테나로 발신지를 찾아온 겁니다."

청년은 한 손으로는 기다란 막대기를 가리키고, 다른 한 손으로는 녹음기 스위치를 눌렀다. 테이프가 돌아가며 어젯밤 대화가 흘러나왔다.

〈형님, 역시 일이 잘 풀렸네요. …으응. 우리가 하는 일에는 언제나 실수가 없지….〉

"어떻습니까? 성능이 좋아서 목소리까지 똑같죠?"

"으윽, 이런 기계인 줄은 꿈에도 몰랐군. 하지만 이렇게 된 이상, 순순히 돌려보낼 순 없다. 넌 죽어 줘야겠고, 그 테이프는 태워 버리겠어!"

또다시 권총을 들이댔지만, 청년은 태연하기 그지

없었다.

"그러지 말죠. 이 테이프는 복사해 뒀고, 제가 죽으면 바로 경찰에 보내라고 친구에게 맡겼거든요."

"빌어먹을! 대체 우릴 어쩌겠다는 거야?"

"저도 말이 전혀 안 통하는 꽉 막힌 인간은 아닙니다. 이런 상황도 미리 다 상정한 부분이니까요. 그런 의미에서 거래를 하나 하시죠."

"뭐라고…?"

"돈벌이가 상당하신 걸로 아는데, 너무 인색하게 굴진 마세요. 하지만 당신들이 첫 번째 고객이니 조금 깎아 드리죠. 어때요, 매달 이 정도 금액이면…?"

그러면서 청년이 옆에 있던 전자계산기를 집어 들었다.

그날 밤, 분명 전날 밤 역시 잠에 들지 못했음에도 졸음은 좀처럼 그를 찾아오지 않았다. 청년은 침대 위에서 눈을 깜박거리며 창가에 놔둔 황금 앵무새를 바라보았다. 인간이란 존재는 멋진 미래를 확신하는 밤에도 좀처럼 잠을 이루지 못하는 듯하다.

신데렐라

커다란 정원수들이 빈틈없이 잘 손질된 드넓은 정원. 그 옆에는 공들여 잘 지어 놓은 집 한 채가 있었고, 집 안에는 고가의 골동품으로 장식해 둔 방이 있었다.

이 저택의 주인인 노인을 향해 중년 남자 방문객이 계속 머리를 조아렸다. 그리고 그 남자는 치뜬 눈으로 노인을 올려다보고 억지웃음을 흘리며 몇 번이나 한 말을 또다시 되풀이했다.

"뭐든 좋으니, 제발 일거리 좀 맡겨 주십시오."

노인은 얼굴을 찌푸리며 말했다.

"자네는 옛날부터 알고 지낸 사이야. 경기가 나쁜

건 안타까운 일이고, 뭐든 일거리를 주고 싶은 마음도 있어. 하지만 전에 부탁했던 조사도 너무 허술했잖은가. 흥신소를 운영하려면 정확도가 제일이야. 이래서야 일을 맡기고 싶어도 망설여질 수밖에 없네."

"하지만 이번에는 틀림없이…."

남자는 필사적으로 매달렸고, 노인은 한동안 눈을 감고 있었지만 마침내 입을 열었다.

"부탁하고 싶은 일이 아예 없는 건 아니야. 찾아 줬으면 하는 사람이 있지. 그 생각만 하면 잠을 못 이룰 정도로 마음이 아파. 할 수만 있다면 그 사람을 찾고 싶은데…."

"맡겨만 주시면 반드시 기대에 부응하도록 노력하겠습니다. 그런데 그 인물은 어떤 분인가요?"

남자가 득달같이 몸을 내밀며 물었다.

"이런 얘기하긴 좀 그렇지만… 내 자식이네. 하지만 지금 회사를 맡겨 둔 아들 말고 다른 자식이야. 20년 전, 어느 여자와의 사이에서 태어난 딸이지."

"그런 일이 있었는 줄은 몰랐습니다. 그런데 그분을 찾아서 어떻게 하실 생각인가요?"

"이 집을 물려주고 싶네."

"네? 이 집을…?"

남자가 새삼스럽게 그 방을, 집을, 그리고 정원을 바라보며 한숨을 내쉬었다.

"그래, 이 집을 주고 싶어. 내 재산 중에 사업 쪽은 모두 아들에게 물려줄 생각이지만, 이 집은 그 딸아이에게 물려주려고 해."

뜻밖의 이야기를 들은 남자는 긴장과 흥분으로 눈빛을 반짝이며 달뜬 목소리로 물었다.

"아니 왜, 이렇게 큰 저택을? 그런데 대체 그 따님의 특징은…?"

노인이 낮고 침착한 목소리로 이야기를 시작했다.

"그 당시, 그 애 엄마와 나의 관계는 깨끗하게 정리됐어. 그 여자가 얼마 후 죽었다고 하는데, 그 후로 아이 소식은 전혀 못 들었고. 이제 와서 굳이 그 옛날 일을 들춰내 만천하에 치부를 드러낼 필요는 없겠지만, 나이 탓인지 요즘 들어 그 일이 자꾸 마음에 걸려서 견딜 수가 없군. 아마 지금은 그 애를 봐도 얼굴 생김새로는 알아볼 수 없을 거야."

"그렇다면 무슨 실마리가 될 만한 거라도…"

"으음, 두 가지 큰 특징이 있지. 하나는 왼손 엄지손가락이 없다는 거야."

"네? 엄지손가락이요…?"

"으음, 그래. 그리고 다른 하나는, 오른쪽 엉덩이에 있는 커다란 화상 자국이야. 둘 다 태어난 지 얼마 안 돼서 당한 불의의 사고 탓이지. 나이가 들수록 큰 고민 거리겠거니 생각하면… 너무나 안쓰러워. 뜬구름 잡 는 소리 같겠지만, 이런 두 가지 특징이 있는 스무 살 아가씨면 못 찾으란 법도 없겠지. 어떤가? 시간은 좀 걸려도 상관없고, 조사 비용도 매주 지불하겠네. 한번 찾아봐 주겠나?"

"그럼요. 이렇게 큰일을 맡겨 주실 줄은 꿈에도 몰 랐습니다. 반드시 찾아낼 테니 안심하고 기다려 주십 시오."

남자는 한껏 들떠서 방을 나갔다.

몇 달이 지났다.

남자가 노인을 찾아왔다.

"그 후로 방방곡곡을 찾아다녔는데, 드디어 기대에 부응할 수 있게 됐습니다."

"그래? 설마 정말로 찾아낼 줄은 몰랐네. 게다가 이

렇게나 빨리…."

"저도 모든 노력을 쏟아부었습니다. 그리고 오늘 함께 왔습니다."

남자가 손으로 가리킨 방 입구에 잔뜩 긴장한 자세로 서 있는 한 여자가 보였다.

"아버지."

그렇게 불러야 할 테지만, 익숙하지 않은 탓인지 긴장한 탓인지, 그 말은 소리로 나오지 못하고 바르르 떨리는 입가에 머물렀다.

"자, 아버님께 왼손을 보여 드리시죠."

남자가 재촉하자, 여자가 뒤로 감추고 있던 왼손을 머뭇머뭇 앞으로 내밀었다. 그 손에는 스스로의 가치를 드러내 주는 표식처럼, 엄지손가락이 붙어 있지 않았다.

"자 그럼, 화상 자국도."

남자의 재촉에 노인이 손사래를 쳤다.

"아니, 볼 것도 없네. 정말 잘 찾아내 줬군. 고생했어. 자, 여기 약속한 보수야."

노인이 돈다발을 건넸다.

"이렇게 기뻐해 주시니, 저도 얼마나 기쁜지 모릅니

다. 그럼, 두 분이서 천천히 이야기를 나누시지요. 저
는 이만 물러가겠습니다."

여자 쪽에 눈짓을 보내며 돌아가려던 남자를 노인
이 불러 세웠다.

"아니, 돌아갈 거면 여자도 데리고 가게."

"네? 그건 또 무슨 말씀이신지…?"

"사실은 지어낸 얘기였어. 자네한테 돈을 그냥 주
면 혹여 자존심 상해할까 봐 가공의 이야기를 꾸며서
부탁한 거야. 그런데 설마 정말로 찾아낼 줄이야…"

노인은 엄지손가락이 없는 여자의 손을 바라보며,
주름이 자글자글한 입가에 우정과 상상과 쾌락이 뒤
섞인 미소를 머금었다.

캥캥

"자 그럼, 다음 분 들어오시죠."

정신과 의사의 목소리를 듣고 진찰실로 남자와 여자가 들어왔다. 남자는 안절부절못하는 분위기였고, 여자는 눈에 쌍심지를 켜고 있었다. 의사가 두 사람을 의자에 앉히고 질문을 던졌다.

"으음, 어느 쪽이 보호자분이신가요?"

"접니다."

남자가 대답하고, 사정을 이야기하기 시작했다.

"…실은 어젯밤에 아내가 갑자기 여우에 홀린 것처럼 변해 버렸어요. 제발 좀 고쳐 주세요."

"여우에 홀리다니, 정말 희한한 일이군요. 상태가 어떻습니까? 자세하게 말씀해 주시죠."

"어젯밤에 제가 집에 돌아갔더니, 아내가 갑자기 눈을 치켜뜨면서 캥캥 하고 크게 한 번 외치더군요. 그러고는 계속 한마디도 안 합니다."

"흐음 그렇군요. 그럼, 자세히 진찰을 해 봅시다."

의사가 여러 가지 장치를 사용해서 정밀 검사를 시작했다. 남자는 걱정스러운 표정으로 그 모습을 지켜보며 이따금 질문을 던졌다.

"어떻습니까? 역시 여우에 홀린 건가요?"

"아뇨. 요즘 세상에 여우에 홀릴 리가 있겠습니까. 정밀 검사 결과에 따르면, 이것은 사고 중지 증상인 것 같습니다."

"그렇다면, 무슨 병이라는 말씀인가요?"

"설명하자면 이렇습니다. 환자분은 그때 뭔가 정신적으로 큰 충격을 받은 것 같습니다. 바로 그 순간, 일종의 경련을 일으킨 거죠. 그리고 그 후로 모든 사고가 정지해 버렸다, 그런 상태인 겁니다. 말을 안 하는 이유도 그것 때문입니다. 무슨 충격이 될 만한 일이라도 있었는지… 혹시 짚이는 게 있습니까?"

"글쎄요, 잘 모르겠습니다. 그런데 캥캥 하고 외친 이유는 뭘까요?"

"그건 저도 모르겠습니다. 문헌에도 나오질 않네요. 매우 희귀한 사례입니다."

의사가 고개를 갸웃거렸다.

"그런데 고칠 수 있을까요?"

"그럼요. 간단히 고칠 수 있습니다. 고치고 나면 충격의 원인도, 캥캥 하고 외친 수수께끼도 풀리겠죠. 자 그럼, 주사를 놔 드리겠습니다. 잠시 후 약효가 나타나기 시작하면 정지됐던 사고가 재개될 겁니다."

의사가 여자의 팔에 주사를 놓았다. 얼마쯤 지나자, 잔뜩 굳어 있던 여자의 표정에 변화가 나타나기 시작했다.

"약효가 나타나기 시작한 것 같습니다. 무슨 말이든 좀 걸어 보시죠."

의사가 그렇게 말하며 남자에게 권했다.

"당신, 정신이 좀 들어? 나야."

그 말을 들은 여자의 눈이 더욱 날카롭게 치켜 올라갔다. 그리고 여우 울음소리에 이어 고함을 질렀다.

"…바람피우면, 절대 용서 못 해!"

여자가 소리치며 가리킨 남자의 와이셔츠 가슴에
는 선명한 립스틱 자국이….

피터 팬의 섬

웬디를 비롯한 다른 많은 아이들이 일제히 환호성을 질렀다.

해적선. 지금, 눈앞에 보이는 것은 아이들의 꿈속에까지 나타난 해적선이다. 거무스름한 빛깔을 띤 목조 선체, 피치(석유를 정제할 때 잔류물로 얻어지는 고체나 반고체의 흑갈색 탄화수소 화합물-옮긴이)를 칠해 놓은 갑판, 바다 냄새가 깊이 밴 굵직한 밧줄….

아이들은 이리저리 뛰어다니며 그것들을 손으로 만져 보고, 팔로 눌러 보고, 뺨을 문지르고, 냄새를 맡았다. 기쁨에 겨운 나머지 그 환호성은 마치 울음소리처럼 울려 퍼지며 바닷바람과 함께 이리저리 흔들 렸다.

게다가 그 돛대. 광활한 바다로 나가 팽팽하게 돛을 펼치고, 바람을 가득 안고 배를 앞으로 나아가게 하는 돛대. 거기에는 밧줄 사다리가 걸려 있었고, 맨 꼭대기에서는 검은 깃발이 펄럭였다. 깃발에는 굳이 말할 필요도 없이 해적을 상징하는 하얀 해골과 뼈가 그려져 있었다.

그리고 깃발 위 드높은 하늘에 뜬 가느다란 초승달은 금빛으로 반짝이며, 아까부터 조금씩 환한 빛을 더해 갔다. 저녁놀이 이 항구를 에워싸기 시작했기 때문이다.

물론 항구에 이런 배는 달리 없었다. 모두 다 돛대는 물론이고 굴뚝도 없었고, 복잡한 형태의 안테나를 단 경합금 소재의 배들만 있을 뿐이었다. 물결도 일으키지 않고, 목적지를 향해 곧장 흘러가는 능력밖에 없는 배. 내부는 색색의 플라스틱으로 무지개처럼 꾸며져 있고, 그 배에 탄 승객은 목적지에 도착할 때까지 지상과 아무 차이도 없이 지낼 수 있다는 것에만 만족한다.

"앗, 선장이다⋯!"

아이들의 환호성이 또다시 높아졌다. 선장이 선교船
橋(선장이 항해 전반을 지휘하도록 상갑판에 높게 자리 잡은 공간-옮
긴이)에 모습을 드러낸 것이다. 게다가 그의 외모는 아
이들이 마음속에 그렸던 모습과 세세한 점까지 완전
히 똑같았다.

긴 망토. 독특한 모자. 어깨 위에 앉아 있는, 사려 깊
어 보이는 얼굴을 한 앵무새. 허리에 찬 칼. 오른손에
든 길쭉한 망원경. 그리고 왼손에는⋯ 왼손에는 아무
것도 없었다. 왼손 끝은 갈고리였기 때문이다. 게다가
날카롭고 차갑고 약간 잔혹해 보이는 선장의 눈빛까
지, 모든 것이 꿈속에서 막 튀어나온 듯했다.

선장이 명령을 내렸다. 목소리는 나지막했지만, 눈
빛과 마찬가지로 날카롭고 차갑게 배 구석구석까지 울
려 퍼졌다. 뱃사람들끼리 쓰는 말인지 정확한 의미는
알 수 없었지만, 말투는 역시나 아이들이 상상했던 것
과 똑같았다.

아이들은 그 말을 흉내 내며 소리쳤다. 아이들이 선
장 흉내를 내는 놀이가 한 차례 되풀이되는 사이, 배는
천천히 안벽岸壁(깎아지른 듯이 험한 물가-옮긴이)을 벗어났

고, 휘황찬란하게 빛나는 세련된 배들 사이를 지나 항
구 밖으로 향하기 시작했다. 잇달아 펼쳐지는 돛, 이리
저리 돌아가는 방향키 등에서 아이들은 하나같이 눈
을 떼지 못했다.

밤이 바다 위로 퍼져 갔다. 항구는 점점 더 멀어졌
고, 분수처럼 솟구치는 조명을 들쓰며 눈부시게 빛나
는, 야광 페인트가 칠해진 빌딩 숲은 차츰 작아졌다.
그리고 그것은 머지않아 바다 위에서 춤추는 한 마
리 반딧불처럼 변했고, 결국은 수평선 너머로 가라앉
았다.

아이들은 그제야 선실로 들어갔다. 그러나 잠자리
에 들 생각은 없는지 다 같이 빙 둘러앉아, 발그레한
얼굴을 마주 보며 재잘재잘 떠들어 댔다.

파도는 창 아래쪽 배허리를 때리고, 물거품이 이
는 소리를 내며 배를 흔들었다. 그 흔들림에 따라 천
장에 매달린 황금색 램프가 아이들의 그림자를 늘였
다 줄였다 했다.

파도 소리. 그리고 반복적인 흔들림. 거대한 요람
속에 있는 듯했지만, 아이들의 흥분은 도무지 가라앉
을 줄을 몰랐다.

"튤립 꽃 속에 작은 아이가 살고 있네."

1년 전쯤 웬디가 이 말을 처음 입 밖에 냈을 때, 부모의 낯빛이 바뀌었다. 그리고 한동안 둘이서 아무 말 없이 얼굴을 마주 보다가 어느 쪽이 먼저랄 것도 없이 깊은 한숨을 내쉬었다.

"어쩌다 이런 일이…."

"우리에게서 이런 아이가 태어났다는 게 도무지 믿기질 않아."

그렇게 중얼거리며, 그런 현실이 거짓이길 바랐다.

물론 웬디에게 요정 이야기를 들려준 사람은 아무도 없었다. 부모가 그런 이야기를 해 줄 리 없었고, 텔레비전 화면에도, 어떤 인쇄물에도 나온 적이 없었다. 그런 종류의 이야기들은 아주 오래전부터 엄중하게 금지되고 있었다.

"우리가 할 수 있는 일은 최선을 다해 봐요."

"그럽시다. 아마 아무 소용없을지도 모르지만…."

부모는 일단 온갖 수단을 다 써 봤다. 도서관에서 교육용 동영상 자료를 빌려 와서 벽면의 큰 스크린에 띄워서 보여 주었다. 화면에는 식물의 구조, 꽃의 단면

등이 잇따라 나타났다. 거기에는 정서라곤 털끝만큼도 없었지만, 과학적인 정확성은 있었다.

"저기 봐, 저게 꽃이란다. 잘 보렴."

"어때? 꽃 속에 작은 아이 같은 건 없잖아?"

웬디는 그걸 보는지 안 보는지, 줄곧 긴 속눈썹 아래로 꿈을 꾸는 듯한 눈빛만 머금고 있었다. 그리고 영상이 한 차례 끝났을 때, 조그맣게 중얼거렸다.

"꽃 속에는 작은 아이가 있거든."

그러나 부모는 포기하지 않고 모든 노력을 쏟아부었다. 웬디가 어둠 속에서 요정이나 괴물을 찾아낸다는 걸 눈치채고, 온 집 안을 부드러운 조명 불빛으로 가득 채웠다. 웬디가 담요를 머리끝까지 덮어쓰고 어둠을 만들어 낸다는 사실을 알게 되자, 실내 온도를 높이고 담요를 빼앗았다. 그러나 그 아이에게서 어둠을 완전히 제거해 버리는 건 불가능했다. 눈을 감아서 만들어 내는 어둠에는 도무지 손쓸 방법이 없었으니까.

이를 깨닫자, 부모는 결국 포기하고 웬디를 특수한 학교에 보내기로 했다. 그것은 사회에 대한 의무이기도 했다. 그대로 두고 다른 아이들한테까지 영향을 끼치게 할 수는 없었다.

예전에 오랫동안 사람들과 사이좋게 지내 왔던 요정이나 괴물들은 오늘날 모두 자취를 감춰서 어디에서도 찾아볼 수 없다. 숲을 개간하면 숲에서 사라졌고, 인도나 아프리카 오지에 종횡으로 고속도로가 뚫리면 거기에서도 사라졌고, 호수나 바다 밑에서도 사라졌다. 또한 남극의 빙하 밑에서도, 달의 동굴에서도 사라졌고, 화성의 사막에서도, 상공에 조용히 떠 있는 수많은 소행성에서도 그들은 쫓겨났다.

요정과 괴물들은 과학의 냄새가 싫은 걸까. 신비한 안개는 태양계에서 완전히 제거되었기 때문에 사람들은 요정이 우주 어디에도 없음을 알게 되었다.

요정이나 괴물은 모든 공간에서 쫓겨났지만, 한참 전까지는 과거라는 시간 속에서 아직 살고 있었다. 그런데 많은 사람들이 과거의 그 괴물들까지 퇴치하려 했다. 젊은 학자들은 윙윙거리는 기계 종류를 마구 휘두르며 "이제 와서 굳이 조사해 볼 필요도 없잖아"라고 투덜거렸다. 그러면서도 늪을 휘젓거나 토템폴(토템의 상像을 그리거나 조각한 기둥-옮긴이)을 부수는 일을 의기양양하게 계속 해 나갔다. 그들의 모습에서는 그런 괴물들을 믿었던 인간이 자신들의 선조라는 사실을 부끄러워하는 느낌마저 풍겼다.

이렇게 해서 과거라는 시간 속에 존재했던 괴물들까지 멸망해 갔다.

그러나 요정이나 괴물들에게는 여전히 마지막 은신처가 있었다. 그들에게 남겨진 은신처는 바로 일부 사람들의 의식의 밑바닥이었다. 물론 대부분의 인간에게는 그들이 숨어들 여지 따윈 남아 있지 않았다. 하지만 이따금 그런 여지를 품은 사람이 태어났다.

이 여자아이, 웬디처럼.

"웬디는 B반에 들어가도록 할게요."

특수학교 담당자가 웬디의 정밀 검사를 마친 후 말했다.

"네…?"

부모의 표정은 더욱 어두워졌다. A반은 교정이 가능하다고 여겨지는 아이들이 들어가고, B반은 그것이 불가능하다고 여겨지는 아이들을 수용하는 곳이다.

"안타깝게 됐습니다. 하지만 아직까지는 희망이 전혀 없진 않아요. 반대되는 환경 속으로 들어가서 생활하다 보면, 어떤 계기로 갑자기 치유되는 사례도 있으니까요."

그렇다고 해도 그것은 그리 크게 기대할 수는 없는 일이었다.

특수학교의 B반은 도시에서 완전히 동떨어진 지방에 있었다. 그곳에는 이런 목적을 위해 철거하지 않은 오래된 성이 있었다.

성 뒤편으로는 깊고 울창한 숲이 있고, 돌담에는 담쟁이덩굴이 휘감겨 있었다. 성안은 어둡고 싸늘해서 어디에선가 항상 곰팡이 냄새 비슷한 게 났다. 숨을 헐떡이며 나선 모양의 계단을 올라가 탑 위에서 내려다보면, 저 멀리 바다도 볼 수 있었다.

세계 각지에서 웬디 같은 아이들이 이곳으로 보내졌다. 그리고 부모들의 표정과는 반대로 아이들의 눈은 갑자기 더 환한 빛을 내뿜었다.

도시의 일반 학교에서는 밝은 유리벽 건물 안에서 청결한 선생님들이 청결한 학생들에게 청결한 것들만 가르친다. 꽃을 뽑고, 뱀을 해부하고, 화학약품을 섞어서 고배율 현미경으로 들여다본다. 그렇게 해서 사회 진보에 도움이 되는, 건강하고 건설적인 인간들이 끊임없이 만들어지는 것이다. 사회라고 하는 거대한 기계의 톱니바퀴는 어쨌거나 규격에 정확히 들어 맞아야 하니까.

한편, 웬디가 다니는 학교는 그런 상황과는 아주 딴 판이었다. 학생들은 요정을 찾아 꽃을 주의 깊게 들여다보며 돌아다녔고, 작은 새들에게 말을 건넸다. 보석을 만들려고 마법의 약을 섞고, 밤이 되면 달의 왕자를 부르려고 다 함께 소리 높여 노래를 불렀다.

일반 학교의 입체 영상실에서 유전자 종류를 가르치는 시간에, 이 학교에서는 벽에 그려진 아라비안나이트 그림을 가리키며 모두가 푹 빠져서 이야기를 나누었다.

또다시 찾아온 밤. 도시의 빌딩 지하 수영장에서 플라스틱 소형 잠수함에 탄 아이들이 환한 수중 조명 속에서 서로 부딪치며 놀 때, 웬디와 아이들은 유령들의 춤을 조금이라도 더 보려고 손을 맞잡고 흠칫흠칫 떨며 숲속을 서성거렸다.

웬디의 부모도, 다른 아이들의 부모와 마찬가지로 이따금 면회를 왔다. 같이 따라온 웬디의 남동생은 부모로부터 누나를 설득해 보라는 말을 들었는지, 언제나 다짜고짜 이렇게 말했다.

"요정 같은 건 어디에도 없어."

"있어."

웬디가 받아친다.

"그럼, 본 적 있어? 어디 있는데?"

"어둠 속에 있지."

"어둠 속이면 보이지도 않잖아."

"그래도 보이거든."

서로 대화가 통하지 않았다.

"요정이 있다고 해도, 그렇게 작으면 머리도 엄청 나쁘겠네."

"아니야. 머리는 아주 좋아."

대화는 계속 어긋날 뿐이었다. 남동생은 차츰 경멸하는 듯한 표정으로 바뀌었고, 부모의 표정은 서글프게 변해 갔다. 웬디뿐만이 아니라, 다른 부모들도 역시나 마지막에는 풀이 죽어서 돌아갔다.

성에서 지내는 아이들은 어두운 그늘, 탑 꼭대기, 숲속의 시냇가 등에서 몇 명씩 모여 요정이나 마법사, 인어, 귀신, 신선, 눈의 정령… 그 밖의 온갖 요괴들에 관해 하루 종일 이야기를 나눴다.

그리고 이야깃거리가 떨어지면, 선생님을 찾아가서 새로운 이야기를 해 달라고 졸랐다.

"저기요, 선생님. 고대이집트의 저주 이야기나 해적들이 봤던 점술 이야기 좀 해 주세요."

"그것보다는 바다 밑에 사는 괴물이나 거인이 사는 별 이야기가 더 재밌겠다."

모두 다 일반 학교에서는 들을 수 없는 이야기였고, 설령 들을 수 있다고 해도 평범한 아이들이라면 조롱하듯 웃어넘길 이야기다. 왜냐하면 스핑크스나 해적은 현재와는 전혀 관계가 없는 과거의 존재이며, 심해든 우주 행성이든 그 모든 곳엔 아무것도 없음이 인간의 철저한 조사를 통해 명확하게 밝혀졌기 때문이다.

선생님은 아이들이 조르는 대로 이야기를 계속 들려주었다. 이곳에서 근무하도록 선발된 직원에게는 특별히 금단의 책을 읽을 수 있도록 허용하고 있기에 아이들에게 이야기를 들려줄 수 있었다. 그렇게 이야기를 들려주면서 아이들의 상태를 찬찬히 관찰하고, 나중에 그때 나온 반응들을 데이터로 자세하게 기록한다. 이런 이야기에 의문을 품기 시작하는 아이가 나타나면 그것을 보고해서 A반으로 옮기는데, 그런 사례는 직원들의 기대와는 달리 매우 드물었다.

그렇게 지내다 보니 크리스마스가 다가왔다. 크리

스마스 풍습은 이곳에만 남아 있었다. 과학적으로 의미가 없는 날을 축하하려는 사람이 달리 없었기 때문이다. 화성 도착 기념일, 바이러스 합성 기념일. 일반인들은 이런 날들을 축하하며 컬러 스크린 위에 펼쳐진 추상적인 동영상을 배경으로, 연료가 떨어진 기계 같은 음악과 원색의 칵테일에 흥분하며 춤을 추며 보냈다.

그런데 웬디와 아이들은 툭하면 축제를 열었다.

"오늘은 신드바드의 출항 기념일이야."

누군가가 그런 말을 꺼내면, 그렇게 축제가 정해지는 것이다. 그날 밤에는 점토로 만든 알라딘 램프에 불이 밝혀진다.

"오늘 밤은 손오공 생일이야."

그렇게 결정 나면 모두가 원숭이가 되어 색종이 눈발을 휘날리며 놀았다.

그러나 그중에서도 크리스마스는 진정한 축제다. 뭐든 다 선물해 줄 산타클로스. 아이들은 산타클로스에게 뭘 부탁할지를 두고 토론을 펼쳤다. 그런데 그 요구가 너무 과한 욕심이 되고 말았다.

"해적선을 타고 천사처럼 날개가 달린 사람들이 사

는 섬에 가고 싶어. 거기서 요정과 마법사, 인어도 만나고 싶어."

아무래도 이렇게 흘러가 버리는 것이다. 아이들은 이런 소원을 편지로 써서 선생님에게 전달했다.

그 편지를 읽은 선생님은 아이들이 돌아간 후에 어딘가로 전화를 걸어 얼굴을 찡그리며 보고했다.

"아, 또 예년과 다름없이 부탁을 드릴 수밖에 없네요."

눈이 내려 쌓이고, 크리스마스이브가 되었다. 눈 위로 썰매를 지치며 약속한 대로 산타클로스가 성으로 찾아왔다. 썰매는 아이들이 만들어 둔 요정과 유령 눈사람 옆에 멈췄다.

"저기요, 우릴 언제 데려다주실 거예요?"

모두 환호성을 지르며 앞다퉈 물었고, 산타클로스는 다정한 목소리로 대답했다.

"내일 데리러 와 달라고 부탁해 뒀단다."

그날 밤, 성안은 밤늦게까지 양초 불빛과 환호성으로 가득했다. 다음 날, 옛날 뱃사람처럼 차려입은 한 남자가 나타나서 말했다.

"자, 이제 출발할까요?"

아이들은 썰매를 탔고, 눈이 녹은 곳부터는 마차로 갈아타 항구로 향했다. 가는 길에 높은 빌딩들이 질서 정연하게 늘어선 도심의 도로를 지나갔다. 그러나 그 모습을 창밖으로 내다본 아이들은 이런 이야기를 주고받았다.

"저건 다 거짓이지?"

"맞아. 뭔가 잘못된 거야."

마차 한쪽 구석에 타고 있던 선생님은 아이들의 말을 우울하게 듣고 있었다.

이윽고 마차가 항구에 도착했다. 그곳에서 아이들은 부두에 준비해 둔 해적선에 올라타고는 환호성을 내질렀다.

날이 밝았다. 돛에 바람을 가득 안은 배는 남쪽으로 계속 나아갔다. 조금씩 따뜻해지는 바닷바람을 맞으며 아이들은 갑판 위를 이리저리 뛰어다녔고, 돛대를 타고 올라가기도 했다. 선장의 망원경을 빌려서 제법 그럴싸한 폼으로 수평선 쪽을 바라보는 아이도 있었다. 마음이 내키면, 해적 노래를 합창하기도 했다.

이따금 하얀 바닷새가 배 위를 날아가고, 날치가 파

도 위로 튀어 올랐다.

또다시 밤이 되면, 아이들은 선원에게 옛날이야기를 해 달라고 졸랐다. 우미보즈海坊主(배가 다니는 길목에 나타난다는 허깨비로, 일본 전설에 등장하는 바다 요괴-옮긴이), 유령선… 모두가 호기심 가득한 눈빛으로 귀를 기울였다. 그 배에는 타인의 공상을 파괴하는 데서 더없이 쾌락을 느끼는, 청결한 아이는 한 명도 없었다.

며칠간의 항해 끝에, 저 멀리에서 작은 섬의 그림자가 보였다.

"분명히 저 섬일 거야."

"맞아. 나도 보자마자 알겠더라."

아이들의 이야기 소리를 들으면서 말수가 줄어든 선장은 그 섬에 닻을 내리라고 명령했다.

섬은 가까워졌고, 모래사장으로 밀려드는 하얀 파도, 울창한 숲, 섬 한가운데 나지막이 솟은 산이 차츰 선명하게 모습을 드러냈다.

밤이 되면 저 모래사장에 인어가 나타나 달빛을 맞으며 노래를 부르겠지. 숲속 오솔길에는 긴 지팡이를 짚은 마법사 할머니가 걸어 다닐 테고, 커다란 나무 아래에는 난쟁이들의 집이 있을 게 틀림없어.

숨겨 놓은 보석은 동굴 깊숙한 곳에 있을 거야. 그 비밀도 밝혀내야지. 별안간 출몰하는 늑대 인간도 조심하지 않으면 위험해. 산 위에서는 거인이 큼지막한 다이아몬드를 지키며 버티고 있겠지. 그 너머에는 요정들의 꽃밭이….

배는 닻을 내리고 항해를 멈췄다.

"보트를 내려라."

선장이 명령을 내렸고, 아이들은 그 보트에 올라탔다. 선원이 물었다.

"해안까지 같이 가 줄까?"

"아뇨. 이젠 우리끼리 할 수 있어요."

"그럼, 이걸 가져가거라."

선원이 소총과 칼을 아이들에게 건넸다. 이별의 노래가 끝나자, 보트는 조용한 후미를 지나 바닷가로 향했다. 노 하나에 두세 명씩 붙어서 저었기 때문에 나아가는 모양새가 뒤뚱뒤뚱 위태로웠다.

보트가 바닷가에 도착하자, 아이들이 환호성을 지르며 앞다퉈 숲속으로 뛰어 들어갔다. 새된 그 목소리는 바다 위를 지나 선원들의 귀에까지 가닿았다.

"실험 날짜가 언제였죠?"

선원 하나가 선장에게 물었다.

"내일모레야."

"그럼 서둘러야겠군요."

"으음. 배를 출발시켜."

버튼이 눌리자, 숨겨 뒀던 배의 제트기관이 소리도 없이 작동하기 시작했다. 배는 바다 위를 미끄러지듯 항해하기 시작했고, 섬은 순식간에 멀어졌다.

"저 섬이 이번 실험의 표적이 돼서 날아가 버리는 겁니까?"

"그 정도가 아니야. 아마 고통의 순간조차 없을걸. 신에너지의 위력이면, 한순간에 사라져 버릴 테니까."

"과학기술은 점점 더 가속도를 붙여 진보해 가네요. 이런 식이라면 인류의 미래는 끝이 없겠어요. 그런데도 저런 이상한 생각을 하는 아이들이 끊이지 않는 건 무슨 영문일까요?"

섬은 이미 수평선 너머로 사라졌다. 새장에 갇힌 앵무새가 뭐라고 외쳐 댔지만, 그런 건 아무래도 상관없었다.

꿈의 미래로

"자, 드디어 타임머신이 완성됐다."

박사의 말에 조수가 빙그레 웃었다.

"잘됐네요. 그럼 바로 출발할까요? 요즘은 너무 일만 했더니 많이 지쳤어요. 일단은 한 500년 전쯤 옛날로 가서 조용한 데서 느긋하게 쉬죠."

"무슨 소리야? 이걸 만드느라고 돈이 엄청나게 들었어. 일단 그 돈부터 회수해야지. 한가한 소릴 할 때가 아니라고!"

"그럼, 어떻게 하시려고요?"

"미래로 가야지. 200년 정도 미래로 가서 뭐든 짭

짤한 돈벌이가 될 만한 걸 찾아오자고. 자, 어서 출발하자!"

타임머신에 올라탄 두 사람은 눈 깜짝할 사이에 미래의 백화점에 나타났다.

"우와, 정말 대단해! 모든 게 풍족한지 물건들이 넘쳐 나네요. 게다가 저것 좀 보세요. 설명서를 읽어 봐야겠어요. 루페처럼 생긴 이 물건은 전자현미경인가? 이 가방은 버튼을 누르면 요트로 바뀐대요. 아, 저쪽은 약품 코너네. 중독되지 않는 합성 마약, 150살까지 정력이 감퇴되지 않는 호르몬제, 효과가 완벽한 최음제. 정말 놀라운 세상이야."

"너무 티 나게 두리번거리지 말고, 갖고 가면 도움이 될 만한 거나 찾아봐."

잠시 후, 두 사람은 화들짝 놀랐다.

"이를 어쩌죠? 돈이 없어요."

"여기까지 와서 빈손으로 돌아갈 순 없어. 하는 수 없지. 재빨리 훔쳐. 물건들이 이토록 넘쳐 나잖아. 별상관은 없겠지."

주위를 살피던 조수가 잽싸게 손을 뻗어 물건을 집었다. 바로 그 순간, 레이더 같은 장치가 작동했는지

"무분별한 행동은 삼가 주십시오"라는 소리가 마이크에서 흘러나왔다. 그와 동시에 두 사람의 몸이 감전되었다. 어쩔 줄 몰라 허둥대는 사이 경찰이 달려와 두 사람을 체포해 조사하기 시작했다.

"옷차림이 이상한데, 어디서 온 자들인가?"

"200년 전 시대에서 이 타임머신을 타고 왔는데, 미래가 이렇게 인색할 줄은 몰랐소. 이제 그만 돌아가겠소."

"돌아간다고? 어림없는 소리. 도둑질은 중대한 범죄야. 순순히 풀어 줄 순 없지."

"너무한 소리를 하는군. 제발 어떻게 좀…."

두 사람이 울먹이듯 부탁했다. 못 돌아가게 되면 그건 정말 큰일이었다. 그 모습에 동정이 갔는지, 결국 경찰이 고개를 끄덕이며 목소리를 낮추고 입을 열었다.

"그럼, 이렇게 합시다. 그 기계를 나한테 잠깐만 빌려줘요. 그러면 봐줄 수도 있지."

"어쩔 수 없군요. 그럼, 빨리 다녀와야 합니다."

"걱정 마시오. 금방 돌아올 테니까. 200년쯤 미래로 가서 뭐든 쓸 만한 물건 하나만 갖고 돌아올 거요.

그러면 나도 이 지긋지긋한 경찰 생활에서 발을 뺄 수 있겠지."

빙긋이 웃으며 타임머신에 올라타는 경찰을 두 사람은 불안한 눈빛으로 배웅했다.

나의 살인자 님에게

유리병 속에 실려 바닷가로 떠밀려 온 이 유서를 어느 분이 줍게 될지는 모르겠지만, 부디 경찰서에 전해 주세요.

경찰에서는 분명 이 색다른, 게다가 수신인 이름도 없는 여자 글씨체 유서가 처치 곤란일 겁니다. 그래서 이리저리 돌리며 책임을 회피하다, 결국은 우연히 그곳에 와 있던 작가에게 유서를 보여 주겠지요.

그리고 상상력이 부족한 그 작가는 원고 마감을 지키지 못해 무슨 좋은 소재가 없을까 하는 절박한 심정으로 경찰서를 찾았을 게 틀림없을 테니, 담당 경찰을 잘 구워삶아 몰래 베껴 쓰고는 자기 작품인 양 편집자에게 보낼 게 뻔합니다. 그런데 그거야말로 제가 바라는 바입니다. 그렇지 않으면 제가 정작 이 글을 보여 주고 싶은 사람의 눈에는 띄지 않을 테니까요.

그럼, 왜 직접 그 사람에게 보내지 않느냐고 물으실지도 모르겠네요. 사실 저는 그 사람의 이름도, 얼굴도 모르기 때문에 이 방법 말고는 읽게 할 방법이 없습니다. 이 글을 보여 주고 싶은 사람은 바로 저를 죽인 사람입니다.

지금 저는 홀로 밤바다의 조그만 보트 위에서 손전등 불빛을 비춰 가며 이 글을 쓰고 있습니다. 조용히, 하염없이 몸부림치는 바다. 보트가 파도에 흔들려서 글씨가 엉망이 되어 버렸습니다. 앗, 물보라가 튀어서 잉크가 번지고 말았네요. 그러니 이 얼룩에 염분이 묻어 있어도 눈물은 아니랍니다. 죽기 직전에는 눈물 따윈 나오지 않거든요.

하늘은 온통 차디찬 별들로 가득합니다. 저 은하는 어디로 이어지는 걸까요? 저는 잠시 후면 저 은하수강을 거슬러 올라가 하늘에 뜬 별 하나가 되겠죠. 저멀리 가로누운 새카만 육지. 그리고 띄엄띄엄 흩어져 있는 불빛. 저 노란 불빛 아래에는 아직 잠들지 않은 따뜻한 가정이 있겠지요. 하지만 이제 저와는 아무런 관계가 없습니다.

왠지 좀 감상적인 기분에 젖어 든 것 같네요. 미련을 끊어 내기 위해 수면제 통을 열어서 열 알쯤 먹어 버려야겠어요.

뭐야, 자살이었어? 살해당한 게 아니네, 라고 생각하시는 분들도 계시겠죠. 그런데 세상에는 자살과 타살의 구별이 잘 안 되는 경우도 많답니다. 실제로 제가 예전에 그런 살인을 저질렀으니까요.

제가 죽인 사람은 고등학교 시절, 가장 친하게 지냈던 아키코라는 친구예요. 남들은 모두 우리 사이가 좋다고 생각했겠지만, 내 마음속에서는 그렇지 않았어요. 그 속에 자리 잡고 있었던 것은 질투였죠. 미모 면에서는 저도 결코 아키코에게 뒤지지 않았다고 생각해요. 우리 둘의 차이를 들자면, 그 친구는 마음이 무척 여렸다는 것뿐이에요.

그런데 남자들은 미모가 엇비슷하면 얌전하거나 단아한, 마음이 여린 쪽을 선택해 버리죠. 하지만 그 정도는 살해 동기가 될 수 없다고 말씀하시는 분도 계실 거예요. 그건 그래요, 아키코가 내 애인을 가로챘다고 말할 순 없으니까요. 하지만 나를 사랑해도 좋을 남성이 모두 그녀에게 가 버렸으니 결국은 그게 그거 아닐까요? 그리고 아무도 남의 속마음까지 다 알 수는 없잖아요. 질투나 아픔, 괴로움, 욕망 같은 것의 강도를 측정해서 비교할 수도 없는 노릇이니까. 눈으로 볼 수 있는 단위 같은 게 있을 리도 없고. 동기와 살의는 별개예요. 어머, 지금 살짝 흥분했네요. 이젠 아예 스무 알쯤 먹어 버려야겠어요.

그래서 저는 아키코를 죽이고 말았어요. 흉기는 전화였어요. 사용 방법은 음성이죠. 말하자면 이쪽이 누구인지 알 수 없는 목소리로 전화를 거는 거예요. 그리고 서서히 상처를 입혔죠. 뭐 딱히 심하게 겁을 주진 않았지만, 매일같이 누구인지도 모르는, 의미도 없는, 그러면서도 의미심장한 듯 걸려오는 전화는 상당한 효과가 있더군요. 그 아이는 서서히 야위어 갔어요.

"무슨 일 있니? 기운이 너무 없어 보여."

제가 가끔 그렇게 말을 걸어도—그 아이는 설마 저의 장난인 줄은 모르니까—무슨 일인지 털어놓지 않았어요. 그건 제가 전화로 단단히 경고를 해 뒀기 때문이죠.

"이 전화 얘기는 아무한테도 하지 마. 만약 말했다 간…."

그 아이가 혹시 경찰에 신고할 마음이라도 먹는다면, 그 전에 저에게 솔직하게 털어놓을 테고 그러면 저도 그만둘 생각이었어요. 그런데 그 아이는 혼자서 누군지도 모르는 사람에게 걸려오는 전화 때문에 괴로워했고, 저는 계속해서 전화를 걸었죠.

전화로는 무슨 말을 하든 상관없었어요. 격이 조금 떨어지는 이야기도 섞었고, 이야깃거리가 떨어졌을 때는 옆에 있던 잡지나 신문의 낱말 퀴즈, 주식 코너를 나지막한 목소리로 읽어 주기도 했죠. 결국 아키코는 신경쇠약으로 자살하고 말았어요.

그렇게 되고 보니, 저도 사실은 죽일 마음까지는 없었다는 걸 깨닫게 됐죠. 죽었으면 좋겠다는 생각은 했지만, 설마 정말로 자살할 줄은 몰랐어요. 재미있게 그냥 좀 괴롭혀 주면 그만이었어요. 하지만 이제 와서 그런 말을 해 봐야 한낱 변명일 뿐이죠. 저는 살인자가 되고 말았어요.

물론 범죄는 아니었어요. 원인은 아무도 몰랐고, 저

는 가장 친한 친구였기 때문에 의심하는 사람도 없었죠. 누가 봐도 그건 명백한 자살이었으니까.

그런데 저는 정신적인 벌을 받았어요. 그때부터 귓속에서 끊임없이 속삭이는 소리가 들려요.

"너는 살인자야."

그 아이의 목소리. 그 목소리는 이따금 난데없이 커져서, 어떤 때는 놀라서 "앗" 하고 돌아본 적도 있어요. 그럴 때면 주위 사람들도 이상하게 쳐다보기 때문에, 저는 차츰 사람을 피하게 됐죠. 저랑 사귀고 싶다는 남성도 있었지만, 그런 이상한 버릇은 언젠가는 의혹을 불러올 테죠. 백 번 양보해 어떻게든 숨긴다고 쳐도, 결혼한 후에 잠꼬대까지 제어할 수는 없잖아요. 그런 생각을 하면, 관계를 더 이상 발전시킬 수가 없었어요. 역시 아키코가 저세상에서 절 부르고 있는 걸까요.

저는 죽어야만 하는 걸까요? 죽고 싶진 않지만, 그것 말고는 달리 시원하게 해결할 방법이 없어요. 그렇지만 저는 고민을 거듭한 끝에 죽지 않고 해결할 방법을 찾아냈어요. 고백이죠. 하지만 고백이라도 저를 알고 있는 사람에게는 할 수가 없어요. 그것은 저를 대하는 모두의 태도를 바꿔 버릴 테니까. 저는 누군가, 저를 전혀 모르는 사람에게 고백하기로 했어요. 그리고 내 고백을 들어 준다면 살자, 들어 주지 않는다면 그때는 역시 죽어 버리기로 결심했죠. 그 얘기를 쓰기 전에 서른 알쯤 남은 약을 먹어야겠네요.

네, 맞아요. 전화를 사용하는 방법. 내가 예전에 사용했던 흉기로 이번에는 나를 시험해 보기로 한 거예요. 목숨을 건 도박이랄까요. 그토록 기발한 방법을 떠올린 순간, 나는 바로 시도해 봤어요. 눈을 질끈 감고 아무렇게나 다이얼을 돌리고는 쥐 죽은 듯이 기다렸죠. 길고 긴 신호음. 사실은 짧았을지도 모르지만, 저에게는 너무 길게 느껴졌어요. 그리고 수화기를 드는 소리. 이 사람에게 내 생명의 열쇠를 맡기는 거야. 문득 어떤 사람일까 하는 생각이 들었을 때, 갑작스럽게 들려온 "여보세요?"라는 목소리에 저의 머릿속은 혼란스러워지고 말았죠. 제 머릿속에는 분명 할 말이 명료하게 정리되어 있었는데, 갑자기 그것이 헝클어진 실처럼 뒤엉켜 버렸어요. 당황해서 더듬거리며 말문을 떼긴 했지만, 과연 내가 무슨 말부터 꺼냈는지…. 지금 기억이 나는 것은 "누구시죠? 잘못 거신 거 같은데…"라는 상대의 목소리와 뒤이어 들려온 전화 끊기는 소리랍니다. 저에게는 그 소리가 교수대 바닥이 아래로 꺼지는 소리, 총성, 단두대의 칼날이 떨어지는 소리로 들렸어요. 마지막 희망의 끈이 끊기고, 이 세상에서 내쫓기는 소리였어요. '용서 못 해, 죽어!' 하는 명령이었던 거죠.

그래서 저는 보트를 저어 이 밤바다로 나왔어요. 이젠 남은 약을 다 먹어야겠네요. 빈 약병에는 다 쓴 유서를 넣어서 띄워 보낼 거예요. 약효가 나타나기 시작한 걸까요. 잠이 쏟아지고 별들이 부옇게 번져 보이네요.

저는 저에게 사형 판결을 내려 준 사람에게 이런 사정을 알리고 싶어서 유서를 썼어요. 그리고 '설령 죽일 의도가 없었어도, 죄가 되지 않는다고 해도, 타인을 살해한 사람은 죽어 마땅하다'라는 세상의 법률에도 이런 사정을 알리고 싶었죠. 하지만 이건 제 생각이고, 그 사람 생각은 과연 어떨까요?

이제 몇 줄만 더 쓰고 바다로 뛰어들 거예요. 은하수가 손짓하고 있네요. 내 몸은 바다 속에 고요하게 서서히 녹아들까요? 하지만 그러지 않고 어딘가로 흘러가 버릴지도 모르겠네요.

죽기 직전에는 알고 싶은 것의 환상이 보인다고 해요. 약 기운 때문인지, 앞으로 벌어질 상황이 보이는 것 같아요. 신문 한 귀퉁이에 실린 조그만 기사 같은 거 말이에요.

〈신원 불명의 익사체〉

그렇지만 저에게 사형을 집행한 사람은 그것이 자기가 죽인 사람의 사체일 줄은 꿈에도 모르고 기사를 건너뛰겠죠. 하물며 오래전에 자기가 이상한 전화를 받았고, 바쁜 와중이라 무뚝뚝하게 끊어 버린 것은 기억의 저편에도 남아 있질 않을 테니 "나는 사람을 죽인 적도 없고, 앞으로도 그럴 일은 절대 없어. 그러니 여기서 스릴을 즐기는 거지"라며 태평한 얼굴로 추리소설 책을 펼칠 게 틀림없을 것 같긴 하지만….

사랑의 통신

"난 왜 이렇게 여자한테 인기가 없을까?"

늘 그렇게 한숨만 내쉬는 남자가 있었다. 하긴, 재미도 없는 전파천문학과 우주 언어학 연구에만 몰두한 나머지 여자에게 구애하는 방법에 도움이 될 만한 책은 읽은 적도 없으니, 인기가 전혀 없는 것도 무리는 아니었다.

그렇다고 해서 처절한 절망 끝에 자살해 버릴 정도로 바보는 아니었다. 지구가 아니라도 여자는 있을 거라며, 남자는 지기가 갖고 있는 장치를 사용해 우주로 한 차례 전문을 날렸다.

"혹시 저와 교제해 주실 여성분이 계십니까?"

거대한 안테나에서 발사된 초전파는 이런 의미를 싣고 까마득한 공간 저 너머로 날아갔다.

"분명 어딘가의 별에는 다정하고 아름다운 여성이 있을 거야. 답장이 오면 좋을 텐데…"

그는 기대와 초조가 뒤섞인 마음으로 하루하루를 보냈다. 그리고 그는 그야말로 대단한 행운을 얻었다. 어느 머나먼 별에서 답장 전파를 보내온 것이다.

"이런 저라도 혹시 괜찮으실까 해서 답장을 드립니다. 외로워서 힘들어하시는 분이 계시다는 걸 알고, 도저히 모른 척할 수가 없었거든요."

그는 순식간에 극도로 흥분해서 정신없이 전파를 보냈다.

사랑의 통신은 그렇게 시작되었다.

"당신 같은 분에게 답장을 받다니, 정말로 기쁩니다. 지구라는 우리 별의 여성은 누구 하나 저를 상대해 주지 않아요."

그가 고민을 털어놓았다.

"어머나, 그런 심한 경우도 있나요. 도저히 상상이 안 돼요."

상대의 답장은 다정함으로 넘쳐 났다. 열정으로 더욱 뜨겁게 달아오른 그는 이렇게 말하지 않을 수 없었다.

"정말입니다. 한 번만이라도 좋으니 당신의 얼굴을 보고 싶군요. 제발 영상을 좀 보내 주십시오."

그의 가슴은 기대와 두려움이 뒤엉켜 극도로 요동쳤다. 제아무리 착해도 머리에 녹색 촉수가 축 늘어진 생물이 아니란 보장이 없었기 때문이다. 만약 그런 생김새라면 지금처럼 변함없는 애정을 유지할 수 있을까. 그로 인해 열기가 식는다면, 이제까지 했던 나의 고백은 거짓이 되는 걸까.

고민의 종류는 예전과 크게 다르지 않았지만, 고민의 정도는 비교할 대상이 없을 정도로 커졌다. 그렇다고 이제 와서 물러설 생각도 없었다.

그는 스크린 앞에 눈을 질끈 감고 섰다. 제발 뱀처럼 생기지 않았기를. 그리고 이내 눈을 떴다.

"아아…."

그는 한동안 말문이 막혔다.

스크린에는 지구 여성과 같은, 아니 훨씬 더 아름다운 여성이 있었다. 광채를 발산하는 듯한 하얀 피부,

정열이 깃든 눈, 다정한 미소를 머금은 입술. 그녀는 핑크색 개처럼 생긴 동물을 품에 안고 있었다. 그리고 그녀 뒤쪽의 창으로는 그 별 도시의 고급스러운 집들이 늘어서 있었다.

그가 더듬거리며 말을 건넸다.

"다, 당신은 정말 아름답군요. 그런데 모니터 영상으로는 당신의 손끝조차 스칠 수가 없어요. 아아, 이런 안타까운 일이 있나."

너무 안타까운 나머지 그는 자기도 모르게 눈물을 흘리고 말았다. 그러자 그녀가 다정하게 위로해 주었다.

"그렇게까지 말씀해 주실 줄은 몰랐어요. 다행히 우리 별에는 성능이 뛰어난 우주선이 있어요. 만약 저의 제안을 경박하게 여기지 않으신다면, 제가 찾아뵐게요."

"정말입니까? 이게 설마 꿈은 아니겠죠? 기다리겠습니다!"

극도로 흥분한 그는 그때부터 하늘을 나는 기분으로 하루하루를 보냈다. 마치 무중력상태의 우주기지에 있는 기분이었다. 아아, 드디어 지구 여자들에게 앙갚음을 해 줄 수 있게 됐어.

드디어 약속의 날. 그는 옷매무새를 단정히 하고 이른 아침부터 공항에서 그녀를 기다렸다.

"정말 올까?"

그가 시계를 보며 중얼거렸을 때, 거대한 우주선이 조용히 내려왔다. 고성능 우주선이라더니, 과연 크기도 어마어마하군. 이제 곧 동경해 마지않던 사람을 만나 손을 맞잡을 수 있다. 잠시 후 우주선은 그 웅장한 자태 그대로 공항에 내려앉았다. 문이 열렸다.

활짝 열린 문 뒤에서 뭔가가 보였다.

"그녀는 핑크색 모피 코트를 입은 것 같군."

그러나 그것은 코트가 아니라 그녀의 반려견이었다. 언뜻 그의 뇌리를 스친 불길한 예감은 순식간에 현실로 눈앞에 펼쳐졌다.

자기보다 몇십 배나 큰, 아름다운 그 상대가 땅울림 소리와 함께 공항에 내려서더니, 쩌렁쩌렁한 목소리를 사방에 울리며 이런 의미의 말을 했다.

"저를 기다리고 계시다는 분은…?"

탈출구

"자, 드디어 마지막 마무리 단계야. 거기에 철사를 감아 주게."

나는 설계도를 한 손에 들고 조수에게 그렇게 명령했다. 조수는 투덜거리며 일어서더니 서툰 손놀림으로 기계에 철사를 휘감기 시작했다.

"으음, 이런 식으로 감으면 됩니까?"

"바보 같은 녀석. 대체 몇 번을 말해야 알아들어? 그게 아니야. 코일을 뫼비우스의 띠처럼 만들란 말이야. 뭐? 뫼비우스를 모른다고? 이렇게 하란 말이다, 알겠나? 그렇게 계속 감아. 이 코일에 세 방향에서 삼중으로 초고압 삼상교류(전압과 주파수가 같고 위상이 서로 120도씩 다른 세 가지 전류나 전압을 한 조로 한 것-옮긴이)를 흘려보낼 거다. 그러면 전자장이 복잡한 변화를 반복하며 서로서로 간섭을 일으키겠지. 그걸 조절하면, 파동이 절묘하게 일치해서 공간에 왜곡이 생기기 시작해. 그걸 이 장치로 증폭시키면, 공간에 구멍이 뚫리는 거야."

오랜 세월 해 온 연구가 바야흐로 실현을 코앞에 둔 상태였기 때문에 나는 몹시 고조되고 흥분한 상태였다. 장치의 중심부에서 중요한 역할을 하는, 지름 2미터 정도 굵기의 코일에는 서서히 철사가 감겼다.

"선생님. 저는 도무지 모르겠어요. 뫼비우스의 간섭인지 뭔지가 증폭되는 건 상관없지만, 이렇게까지 해서 굳이 공간에 구멍을 뚫을 필요는 없잖아요. 공간이란 게 본래 구멍이 뚫려 있는 곳 아닙니까. 이것 좀 보시라고요. 제 옷은 너무 낡아서 공간투성이잖아요."

머리 나쁜 조수에게는 이 연구의 원리와 의의를 아무리 설명해도 통하질 않았다. 자재를 사들이는 데 비용이 너무 많이 들어서 좀 더 우수한 조수를 고용할 여유가 없었다. 그래서 이런 모자란 조수로 견디는 수밖에, 달리 방법이 없었다.

"조금만 참아. 이게 완성되면 자네도 이게 얼마나 대단한 발명품인지 알게 될 거다. 구멍 안 난 새 옷쯤은 얼마든지 사 줄 수 있어. 이 장치로 공간에 터널을 만들면, 다른 차원의 세계로 갈 수 있거든."

"다른 차원이라는 말이 이해가 안 가서 조사를 좀 해 봤는데, 아무래도 아이늘 만화에 자주 나오는 것 같던데요."

"내가 주목한 게 바로 그거야. 모든 위대한 발명품은 일단 아이들 만화에서 먼저 선을 보이지. 우주선을 봐. 옛날에는 우주선이라고 하면 '뭐야, 애들 만화냐'라며 비웃었어. 그런데 막상 실용화에 들어가면, 하나같이 자기는 안 웃었다는 얼굴로 그럴듯한 억지 논리를 갖다 붙이지. 광선총, 전자 커튼(액정 셔터를 이용해 빛의 투과성을 조절하는 기기-옮긴이)도 모두 그렇게 변해 가고 있어."

"듣고 보니 그렇긴 하네요."

"그래서 나는 아이들 만화를 샅샅이 다 읽고, 아직 아무도 손을 대지 않은 다른 차원으로 가는 장치를 연구하기로 결심한 거야."

"그런데 잘 될까요?"

"옛날부터 인간이 갑자기 사라져 버렸다는 기록들이 수없이 많아. 그건 공간에 생긴 균열에 빠져 버렸기 때문이지. 그런데 그 균열을 찾아내는 건 엄청나게 힘든 일이야. 그보다는 재빨리 구멍을 뚫는 게 훨씬 쉬워. 그래서 이 장치를 설계했지. 이것만 완성되면, 이제껏 나를 비웃던 놈들도 제 발로 찾아와서 머리를 조아릴걸. 인간이란 그런 존재야. 자, 얼른 서두르자고."

조수는 고개를 갸웃거리면서 철사를 계속 감았다.

"다른 차원의 세계는 과연 어떨까요?"

"그야 모르지. 여하튼 아무도 가 본 사람이 없으니까. 하루 빨리 장치를 완성하는 게 급선무야. 하지만 지금 우리의 세계처럼 혼란한 곳일 리는 없어. 세상을 좀 봐. 하나같이 하찮고 시시한 일에만 열중하니, 도저히 제정신이라고 볼 순 없지. 나는 이 세계에 통풍구를 열어 주려는 거야."

이윽고 굵은 코일이 완성되었다.

"선생님, 드디어 끝났습니다."

"수고했어. 바로 스위치를 켜 보자고. 잘 봐!"

나는 떨리는 손으로 스위치를 켜고, 계기판을 지켜보며 다이얼을 돌려 조금씩 전압을 높여 갔다.

"선생님, 전압을 왜 한 번에 올리질 않나요?"

"만일의 경우를 대비해서지. 혹시 이걸로 뚫은 공간의 구멍이 다른 차원의 세계에서 바다 속으로 연결되면 큰일이잖아. 물이 흘러들어서 이 방이 순식간에 물바다가 될 테니까."

"아하, 그런 거군요."

나는 코일을 주의 깊게 살펴보면서 전압을 올렸다. 그러나 물도, 유독가스도 뿜어져 나오지 않았다. 그래서 단번에 전압을 올렸다.

"됐어. 드디어 구멍이 뚫렸군. 그럼 자네가 그 코일 안으로 뛰어들어 봐. 지금까지 고생을 시켰으니 처음 타는 영광을 안겨 주지."

"네? 저보고 타라고요? 왠지 기분이 좋진 않은데요."

조수는 코일 고리의 평면을 꺼림칙한 듯이 들여다보며 머뭇거렸다. 거기에는 부유스름한 불투명 유리처럼 잿빛 미립자 막이 떠 있었다.

"괜찮아. 그 미립자 막은 인체에는 아무런 영향도 주지 않아."

"자, 잠깐만요! 일단 뭘 좀 던져 보고 나서 하죠."

조수가 바닥에 떨어져 있던 나사 하나를 주워서 코

일 고리 속으로 집어 던졌다. 안개 같은 막을 꿰뚫고 들어간 나사는 감쪽같이 사라졌다. 조수는 나사가 사라진 자리를 뚫어져라 쳐다봤지만, 드디어 결심이 섰는지 뛰어들 자세를 취했다. 그런데 별안간 큰 소리를 질렀다.

"서, 선생님. 저것 좀 보세요!"

"뭐야? 왜 그래?"

조수의 말을 듣고 코일 고리를 쳐다보니, 미립자 막에서 인간의 머리가 튀어나와 눈을 깜박거리고 있는게 아닌가. 너무 놀란 나머지 우리도 거기에 맞춰 눈을 깜박거렸다.

코일에서 나타난 머리는 서서히 전신을 드러냈다. 낙낙한 하얀 옷을 입은 남자였다. 그는 신기하다는 듯이 방 안을 휙 둘러보더니, 잠시 후 중얼거리듯 말했다.

"호오. 이게 대체 어떻게 된 일이지? 난생처음 보는 세계야. 어쩌다 이런 곳에 온 거지? 끝내 머리가 이상해진 건가?"

나는 그 모습을 보고, 회심의 미소를 지었다. 장치가 그 기능을 제대로 보여 준 것이다. 그래서 나는 하얀 옷을 입은 남자에게 이렇게 말했다.

"아니, 걱정하실 필요 없습니다. 놀라시는 것도 무리는 아닙니다만, 이 장치야말로 제가 고심해서 만든 노력의 결정체입니다. 이걸로 이쪽 차원과 그쪽 차원을 연결한 겁니다. 우연히 당신이 서 있던 그쪽 세계의 장소에 구멍이 뚫려서 이런 결과가 벌어진 거죠."

남자가 코일을 유심히 살펴보더니 예의 바르게 말했다.

"과연, 그런 거였군요. 멍하니 있는데, 제 머리 위로 나사 같은 게 떨어졌어요. 돌아보니 공중에 둥근 통 같은 게 쑥 나와 있질 않겠습니까. 그래서 거기로 머리를 들이밀고 들여다본 겁니다. 나도 이런 기능을 가진 장치를 구상하고 있었는데, 당신보다 한 발 늦었군요. 조금 안타깝습니다."

나도 그의 말에 대답했다.

"아니, 뭐 그런 건 아무 상관없지 않습니까. 어느 쪽에서 먼저 구멍을 뚫든 마찬가지에요. 순전히 우연의 문제죠. 당신이 차원 여행자 1호가 돼서 우리는 그 기회를 놓쳤지만, 그것도 문제될 건 없습니다. 정작 중요한 문제는 차원이 다른 양쪽 세계가 앞으로 이 구멍을 통해서 왕성하게 문화와 산업 교류를 도모하는 것이죠. 자, 거기 계속 서 있지만 말고 이쪽으로 오시죠."

나는 장치의 스위치를 끄고 남자에게 옆에 있는 의자에 앉으라고 권했다.

"그럼, 실례하겠습니다."

남자는 의자에 앉았지만, 신기하다는 듯이 창밖을 내다보았다. 나는 서둘러 말을 덧붙였다.

"너무 초라한 곳이라 죄송합니다. 그쪽 세계와 비교하면, 이쪽 세계는 몹시 뒤처져 보이겠죠?"

남자가 손을 내저으며, 느긋하게 대답했다.

"아닙니다, 문명의 진보나 생활수준 같은 건 차원이 다르면 당연히 달라지게 마련이죠. 부끄러워하거나 으스대는 게 더 이상해요. 우리 세계처럼 가는 곳마다 휘황찬란하게 번쩍거리는 것도 보는 사람에 따라서는 악취미라고 여기겠죠."

"왜 휘황찬란하게 번쩍거리죠?"

"금이라는 금속이 너무 많은 게 문제예요. 녹이 안 스는 건 장점이지만, 무르기도 하고 게다가 그 색깔도 탐탁지 않아요. 나는 아주 싫어합니다. 내가 차원을 넘나드는 장치가 있었으면 좋겠다고 생각한 이유도 그런 세계에서 탈출하고 싶었기 때문이에요. 그런데 당신 손에 의해 먼저 완성돼서 이 세계에 올 수 있었으니, 정말 감사한 일입니다. 이곳은 그다지 번쩍거리지도 않고 고상해서 마음이 편안해지는군요."

고개를 갸웃거리며 남자의 이야기를 듣고 있던 조수가 갑자기 신음처럼 비명을 내질렀다.

"금이라고요? 과연, 선생님은 다르시군요. 이제야 알았습니다. 공간에 구멍을 뚫는 걸 바보 같다고 여긴 제가 어리석었습니다. 이런 계획이었군요. 저어, 그런데 다이아몬드 같은 건 어떻습니까?"

나는 당황해서 조수를 나무랐다.

"이봐, 그런 창피한 얘기는 집어치워. 좀 더 고상한 질문을 하란 말이다."

그런데 하얀 옷을 입은 남자는 그런 실례되는 질문에도 빙긋이 웃으며 대답해 주었다.

"다이아몬드라고 하면, 그 빛나는 돌 말씀이죠? 지금은 값싼 물건이에요. 내가 그 광석이 풍부한 행성을 발견한 후로 다양한 용도로 이용되고 있습니다. 하지만 세상이 점점 더 번쩍거려서 탐탁지 않아요."

이번에는 내가 적극적으로 물었다.

"그럼, 우주여행 같은 건 이미 자유롭게 하고 계신

다고 봐도 될까요?"

"네. 말씀하시는 걸로 봐서는 이쪽 세계에서는 아직 거기까지는 수준이 미치지 못한 것 같군요."

"아 네, 부끄럽지만 이제 겨우 시작 단계에 들어섰을 뿐입니다."

"부끄러워하실 건 없어요. 저희가 도와드리면 그 정도는 간단합니다."

옆에 있던 조수가 조바심을 내며 나를 재촉했다.

"선생님, 빨리 가 봐요. 선생님이 싫으시면 제가 먼저 다녀올게요."

조금 전까지 겁을 먹었던 모습은 거짓말 같았다.

"기다려. 자네를 혼자 보내면 저쪽 세계에서 또 무슨 실례를 저지르고 다닐지 알 수 없잖나. 그렇다고 자네한테 스위치를 맡기고 내가 가는 것도 마음이 놓이질 않는데…."

고민에 빠진 나에게 남자가 다음과 같이 제안해 왔다.

"그럼, 제가 해 드리죠. 두 분이서 다녀오세요. 어떻게 하면 됩니까?"

내가 스위치를 켜고 끄는 방법을 알려 주었다.

"별로 어렵지는 않습니다. 다만 전류를 계속 흐르게

놔둘 경우, 코일이 과열될 우려는 있습니다만."

"알겠습니다."

남자가 고개를 끄덕였지만, 갑자기 무슨 생각이 떠오른 듯이 말을 덧붙였다.

"아, 맞다. 그 차림새로 가면 그쪽 사람들이 좀 이상하게 볼지도 모릅니다. 제 흰옷을 빌려드리죠. 이걸 입고 가세요. 그런데 나머지 한 벌은… 아, 그렇지. 제 친구를 데려와서 그 녀석 옷을 빌려드리죠."

나는 스위치를 켰고, 남자는 코일 속으로 사라졌다. 그리고 얼마쯤 지나 친구라는 사람을 데리고 다시 왔다. 우리는 서로 옷을 바꿔 입었다. 곧이어 내가 손목시계를 건네며 말했다.

"모쪼록 잘 부탁드립니다. 이 시계로 30분 후에 다시 스위치를 켜 주세요. 잊지 말고 꼭 켜 주십시오."

"자 그럼, 편안히 다녀오시죠…."

나와 조수는 차례차례 코일 고리 속으로 뛰어들었다.

"선생님, 코일을 통과할 때는 아무렇지도 않네요."

"그렇지 뭐. 그나저나 집중하라고. 얼마나 멋진 세계인지 잘 관찰해 둬."

코일은 얼마 안 가 사라졌다. 남자가 일단 스위치를

끈 게 틀림없었다. 그때 주위를 둘러본 조수가 이상하다는 듯이 말했다.

"아무래도 좀 이상해요. 별 대단한 게 없잖아요. 우리 연구실이 훨씬 더 좋아요."

분명 그 방은 살풍경했고, 번쩍거리지도 호화롭지도 않았다.

"흐음. 하지만 세상이 온통 번쩍거리면, 실내만이라도 심플하게 만들고 싶겠지. 그러고 보니 녀석들의 이옷도 심플하군. 너저분한 우리 세계에서 실내를 장식하거나 공들인 옷을 입고 싶어 하는 거랑은 정반대겠지. 자, 일단 문을 열고 바깥 풍경을 좀 구경해 볼까."

조수가 문을 열려고 밀었다 당겼다 해 봤지만, 꿈쩍도 하지 않았다.

"안 열려요. 이상하네요."

"희한한 일이군. 빌려 입은 이 옷에는 열쇠도 안 들어 있는 것 같은데. 분명 문 여는 방식에 무슨 요령이 있는 거겠지. 뭐, 하는 수 없어. 일단 돌아가서 그 남자에게 물어보고 나중에 다시 해 보자."

우리는 그 살풍경한, 창문도 없는 방에서 30분이 지나기를 기다렸다.

그러나 조수의 시계로 30분이 지나고, 40분, 50분이 지나도 코일 고리는 나타나지 않았다.

"이것 참 난감하군. 그렇다면 그 남자가 장치를 만지다가 고장이라도 낸 걸까?"

"네? 그럼 큰일이잖아요. 우리는 이제 두 번 다시 돌아갈 수 없는 건가요? 아무리 금과 다이아몬드를 손에 넣어도 돌아갈 수 없으면 무슨 소용이에요. 이제 어떡하죠?"

당황한 조수가 허둥거렸다.

"뭐, 조금만 더 기다려 보자고. 그들도 새로운 세계가 신기해서 시간을 깜빡했을지도 모르지. 아니면 시계가 조금 다를지도 모르고."

2시간 가까이 지났는데도 불구하고, 역시나 코일은 나타나지 않았다.

"선생님, 어떡하죠?"

조수는 불안한 나머지 급기야 울먹이기 시작했다.

"어허, 울지 마. 이 뜻밖의 사고가 난처하긴 하지만, 돌아갈 방법이 아예 없는 건 아니야."

"어떻게 돌아가는데요?"

"여기서 그 장치를 만들면 돼. 장치 설계도는 내 머

릿속에도 있어. 재료만 갖춰지면 다시 만들 수 있으니까 그걸로 돌아가면 돼. 그들 말에 따르면, 이 세계는 문명이 발전한 것 같으니 보나마나 쉽게 만들 수 있겠지."

"듣고 보니 그렇군요."

"하지만 어쨌거나 일단 이 방에서 나가야 해."

우리는 힘을 합해 문을 밀고, 두드리고, 발로 차기도 했다. 그러나 문은 꿈쩍도 하지 않았다. 다만 그 소리가 들렸는지, 가까이 다가오는 몇 사람의 발자국 소리가 들렸다. 가슴을 쓸어내리며 기다리자, 문 앞에서 발소리가 멈추며 이렇게 말했다.

"이봐, 또 시작이야? 조용히 하지 않으면 곤란해!"

"부탁이오. 이 방에서 꺼내 주시오. 난처한 일이 생겼어."

우리는 입을 모아 소리쳤다. 하지만 문밖에선 냉담한 반응만 돌아왔다.

"그럴 순 없어."

"그러지 말고 여기서 좀 꺼내 주세요. 우리는 다른 차원의 세계에서 왔어요. 지금 이대로는 돌아갈 수가 없어요. 빨리 장치를 만들어야 한다고!"

그러자 갑자기 문밖에서 웃음소리가 울려 퍼졌다.

"별 희한한 생각을 해냈군. 이 환자는 전부터 이랬나?"

그 말에 다른 목소리가 대답했다.

"이따금 꺼내 달라고 소리치는 것 말고는 둘 다 비교적 얌전한 편이었어. 평상시에는 세상이 금으로 번쩍인다느니, 우주여행을 해서 다이아몬드를 신고 왔다느니 하는 어처구니없는 환상에 빠져 있는 것 같아. 우주여행 실현이라니, 그건 멀고 먼 미래 이야기일 텐데 말이야. 그런데 아무도 상대를 안 해 주니까 이번에는 이異차원이니 뭐니 요상한 생각을 해낸 것 같군. 증상이 더 심해진 모양이야."

전파된 문명

필 행성의 조용한 도시. 변두리에 자리 잡은 공항에서는 매일같이 그 별의 수많은 주민들이 모여 근심스러운 얼굴을 마주 보았다.

우주에 흩어진 미지의 별들을 조사하기 위해 탐험대 우주선이 모두의 기대를 받으며 하늘로 날아간 일이 있었다. 그러나 돌아올 예정일이 한참 지났는데도 탐험대로부터는 여전히 아무런 연락도 없었다.

"어떻게 된 걸까?"

사람들은 불길한 예감을 떨쳐 내려고 하늘을 올려다보았고, 이따금 포기한 듯이 저 멀리 뾰족한 산맥으

로 시선을 떨어뜨렸다. 그렇게 하염없이 시간만 흘러
갔다. 그런데 별안간 누군가가 소리를 내지른 것을 계
기로 그 숨 막힐 듯한 분위기가 단번에 전환되었다.

"희미하긴 하지만, 무선 연락이 들어왔어. 운석 무
리에 부딪쳐서 선체와 엔진에 손상을 입었다는데, 잠
시 후면 착륙 준비를 할 것 같아!"

사람들은 안도의 한숨을 내쉬었다. 또다시 일제히
하늘을 올려다봤고, 불그스름한 태양 빛을 얼굴에 들
쓰며 기다렸다.

"보인다!"

손으로 가리킨 저 너머에서 반짝 빛나던 점이 차츰
커지며 공항 위로 다가왔다.

"아, 틀림없는 탐험대 우주선이야!"

우주선은 천천히 대지로 다가왔다. 그런데 이게 무
슨 일인가! 사고 때문인지, 불안정하게 흔들렸다.

"제발 무사히 착륙하길…."

모두가 같은 마음으로 기도하며 지켜보았다.

우주선 안에서도 필사적인 노력을 계속하고 있었
다. 승무원이 탈출하는 것뿐이라면 낙하산을 사용하
면 된다. 그러나 이건 그 기나긴 우주여행에서 얻은

수많은 귀중한 자료들이 물거품이 되느냐 마느냐의 문제였다.

사람들의 기도가 통한 덕분인지, 선체는 간신히 흔들리는 상태로 지상으로 내려왔고, 한동안 계속되던 흔들림도 잠시 후 잠잠해졌다.

주민들이 우주선 주위로 달려갔다. 삐걱거리는 작은 소리와 함께 금속 문이 열렸고, 안에서 탐험대원들이 건강한 모습을 드러냈다.

"무사히 돌아와 줘서 고맙네."

"다른 별들은 어땠나?"

"그래. 뭐든 좋으니 빨리 재미난 얘기 좀 들려줘."

아직 보지 못한 세상 이야기를 한시라도 빨리 듣고 싶어 하는 건 군중의 입장에선 당연했다. 탐험대원들은 뭐든 간단하게라도 이야기해야만 했다. 그래서 한 사람이 입을 열었다.

"먼저, 가장 인상 깊었던 별 이야기를 해 보죠. 그곳 주민들이 지구라고 부르는 별에 관한 얘깁니다. 우리는 그곳에서 성대한 환영을 받았고, 또한 여러 가지 진귀한 풍습도 접할 수 있었습니다."

"어떤 풍습인지 들려주게."

그러자 대원이 주머니에 손을 넣고, 손가락에 닿는 뭔가를 꺼내서 모두에게 보여 주었다.

"무슨 얘기부터 해야 좋을지 모르겠지만, 그 사람들이 쓰는 이런 물건을 받아 왔습니다. 이것은 그들이 열쇠라고 부르는 도구입니다."

"그들은 그걸 어디에 쓰지?"

"자물쇠라는 걸 집 문에 설치하면, 이걸로 자기는 열 수 있지만, 다른 사람은 열 수 없는 구조라더군요."

"정말 이상하군. 그들은 뭐 하러 그런 걸 만들었을까?"

"저희도 너무 신기해서 이것저것 질문해 봤죠. 그 결과, 다른 사람이 들어와서 물건을 맘대로 가져가는 걸 방지하는 용도로 쓰인다는 상상을 할 수 있었습니다."

"그런데 남의 물건을 가져간다니, 뭣 때문에 그러는 걸까?"

"그들은 아무렇지도 않게 이렇게 설명하더군요. 그야 빤하지 않은가, 자기가 아득바득 일해서 물건을 사는 것보다 남의 것을 슬쩍 빼돌리는 게 훨씬 간단하지 않느냐고요."

군중은 한순간 쥐 죽은 듯 고요해졌다. 그 의미를

생각해 보는 것이다. 서서히 그 의미가 이해됐는지, 그들의 탄식하는 목소리는 전보다 더 큰 떠들썩한 술렁임으로 변해 갔다.

"앗, 그렇군. 그런 좋은 방법이 있었어."

"우리가 좀 모자랐네. 그렇게 간단한 방법을 왜 아무도 못 알아챘을까."

군중은 저마다 소리쳤고, 새롭게 얻은 그 지식에 얼굴이 붉게 달아오르며 눈빛을 반짝였다. 개중에는 손뼉을 치며 깡충깡충 뛰는 사람까지 있었다.

"놀라기는 아직 이른데…."

승무원이 주머니 속에 있던, 지구에서 구해 온 병따개, 주사위, 권총 탄환 등을 손바닥에 올리고, 그 밖에 더욱 희귀한 여러 풍습에 관한 이야기로 넘어가려 했다. 그러나 필 행성 주민들의 떠들썩한 술렁임은 좀처럼 가라앉을 것 같지 않았다.

L씨의 임종

　—…그런 연유로, 사업은 완전히 실패하고 말았습니다. 여러분에게 빌린 돈은 갚을 수가 없는 상황입니다. 저에게 남아 있는 단 하나의 길은 죽음뿐입니다.

　L씨는 홀로 책상 앞에 앉아 채권자들에게 보내는 편지를 이렇게 매듭지었다. 교외에 자리 잡은 L씨의 집은 고요한 밤의 어둠에 휩싸여 있었고, 방 안에서는 허무함이 가득한 그의 한숨 소리만 울려 퍼졌다.

　L씨는 곧이어 책상 서랍 속을 뒤져 오래된 권총을 꺼냈다. 총구에 녹이 슬어 과연 총알이 제대로 발사될지조차 의심스러웠지만, 그는 탄환을 장전했다. 그 정

도면 자살하기에는 충분할 것 같았다.

"허어 참, 허망한 인생이었어. 다음 생에서는 조금은 나은 삶을 살아 보고 싶군."

L씨는 혼잣말을 중얼거렸다. 그는 평생토록 인간은 죽으면 환생하는 존재라고 굳게 믿었기에 임종을 눈앞에 두고도 그다지 자제력을 잃지 않았다. 그리고 이승의 마지막 모습을 두 눈에 담아 두려고 방 안을 빙둘러보다 위스키가 조금 남은 술병에 눈길이 멎었다.

"그럼 저걸 한잔하고 떠날까. 저 병을 비우면, 내 재산은 한 푼도 남질 않는군."

그는 술잔에 위스키를 따라 마시고, 그의 전 재산을 모조리 없앴다. 이 저택, 그리고 안에 있는 가구. 그 모든 것들이 내일 아침이면 남의 손에 넘어가기 때문이다. 예금이나 현금은 바닥이 난 지 오래고, 남은 거라곤 산더미 같은 빚뿐이었다. 그것은 평생을 일해도 갚을 수 없는 금액이었다.

게다가 L씨는 사업을 다시 일으키려고 밤낮없이 분주하게 뛰어다녀서 심장이 급격하게 나빠지고 말았다. 심장 발작을 일으키는 걸 걱정하면서 오로지 빚만 갚기 위해 죽어라 일할 바에는, 차라리 일찌감치 자살해서 환생에 기대를 거는 게 나을지도 모른다.

바로 그때, 문밖에서 뭔가가 멈추는 소리가 들렸고, 곧이어 노크 소리가 났다.

"이런 야심한 밤에 웬 손님이지? 보나마나 빚을 받아 내려고 왔겠지만, 괜한 헛걸음만 했군. 내게는 이제 남은 게 하나도 없어. 게다가 잠시 후면 목숨까지 사라질 예정이지. 그건 그렇고, 어떤 채권자일까?"

L씨는 커튼 틈새로 몰래 밖을 내다보았다. 짙은 어둠 속에 자동차처럼 보이는 것이 서 있었다. 어두웠기 때문에 자세히는 보지 못했으나, 그런 자동차를 가진 사람은 전혀 짐작이 가지 않았다.

현관으로 시선을 돌리자, 어스름한 현관 불빛 아래에 낯선 남자가 서 있었다. 얼굴 생김새뿐만 아니라 옷차림도 난생처음 보는 스타일이었다.

L씨가 문 안쪽의 자물쇠를 풀었다. 밤의 냉기와 함께 기묘한 걸음걸이로 들어온 그 남자가 전등불 아래에 섰다.

"당신은…?"

L씨는 이쯤에서 말문이 막혔다. 그 남자의 주위에 뭐라 표현할 수 없는 이상한 기운이 자욱이 감돌았

기 때문이다. 그것은 이 집의 어느 것과 비교해도 이질적이었다. 그렇다면 저승사자가 데리러 온 게 아닐까? 그러나 L씨는 그런 생각을 떨쳐 내고, 낯선 이에게 말을 건넸다.

"죄송합니다만, 아직 형편이 여의치 못합니다."

그 사람이 누구든, 이곳을 방문할 사람은 채권자 말고는 없었다. L씨는 사람을 만나면, 무조건 고개를 숙이며 이렇게 말하는 습관이 생겨 버렸다. 그러자 상대 남자는 역시나 이질적인 목소리 톤으로 되물었다.

"형편이라니, 무슨 말이지?"

"당신은 빌려준 돈을 받으러 온 채권자가 아닌가요?"

"아하 과연. 돈이란 말이지… 그 돈이라는 걸작품에 관한 얘기를 좀 듣고 싶은데."

상대 남자의 메마른 웃음소리에 L씨는 살짝 고개를 갸웃거렸다. 이 남자, 어디가 좀 이상한 거 아닌가?

그런데도 L씨는 이것이 인생 최후의 친절이라 생각하고, 사업에 실패해 빚만 불어나서 죽을 수밖에 없게된 사연을 설명했다.

"…이런 이유로, 나는 오늘 밤 자살할 생각입니다."

"흐음. 그건 내게도 행운이군. 그런 광경을 구경하게 될 줄은 몰랐는데 좋은 얘깃거리가 되겠어. 정말 기쁘군. 자, 빨리 자살하는 걸 보여 줘."

아무렴 L씨라도 그 말에는 화가 났다.

"뭐라고…?"

"신경 쓰지 말고 빨리 죽어 달란 말이야. 난 방해하지 않고 얌전히 구경만 할 테니까."

"죽음을 구경거리로 삼다니, 용서 못 해! 궁지에 몰려서 자살하는 사람을 구경하겠다는 네놈은 피도 눈물도 없는 놈이냐!"

"없지, 그런 건. 이봐, 난 바빠. 빨리 죽는 모습을 보여 달라니까."

L씨는 머리끝까지 화가 치밀었다.

"넌 대체 뭐 하는 놈이야? 기왕 죽을 바엔 널 길동무로 삼아 주마. 자살하기 전에 너부터 죽여야겠다!"

그러고는 책상 위의 권총으로 손을 뻗어 상대를 향해 발사했다. 굉음이 울려 퍼졌지만, 오래된 권총이라 탄도가 어긋나서 총알은 상대의 다리에 박혔다. 그 남자는 삐걱거리는 듯한 소리를 내며 쓰러졌고, 쓰러지면서 이렇게 말했다.

"어어 이봐, 그런 짓을 하면 안 돼."

그러나 그 말에 괴로워하는 느낌은 별로 없었다. L씨는 이상하다 여기면서도 한편으론 '총을 쏠 것까진 없었는데'라 생각하며 그를 다시 살펴보았다.

"이봐, 많이 아파? 미안해. 하지만 당신, 말이 너무 심했잖아."

"아니, 아프진 않아."

그 대답에 놀란 L씨가 몸을 웅크리며 상처를 살펴보고는 더더욱 놀랐다. 총알이 박힌 자리에서 피가 한 방울도 나오지 않았기 때문이다.

"이게 대체 어떻게 된 거지? 의족인가?"

"아니, 의족 같은 게 아니야. 내 몸 전체가 기계야."

그 말을 들은 L씨는 상처 자국을 더 자세히 들여다보았다. 조금 전 총알에 부서진 부분에서는 번쩍거리는 톱니바퀴와 용수철 같은 것이 보였고, 기름처럼 보이는 투명한 액체가 흘러나왔다. L씨는 권총을 고쳐쥐고, 손잡이 부분으로 그의 머리를 내리쳐 보았다. 그러나 상대는 아파하지도 않았고, 금속성 소리와 기계의 감촉만 느껴질 뿐이었다.

"너는 로, 로봇이었군. 하지만 이렇게 정교한 로봇

을 누가 만들었지? 아무리 봐도 현대 기술로 만든 것 같진 않은데. 이봐, 넌 대체 어디서 왔어?"

"당신들 입장에서 본다면 미래라는 곳에서 왔지. 난 과거를 여행하는 중이지만."

"미래에서 왔다고? 과연, 미래라면 너 같은 로봇을 만들 수 있을지도 모르지. 그런데 어떻게 왔지?"

"타임머신을 타고 왔지. 지금, 이 집 바깥에 세워 뒀어."

L씨는 조금 전에 창밖 어둠 속에서 봤던, 기묘한 형태의 교통수단을 떠올렸다.

"그게 타임머신이었군. 그건 그렇고, 로봇이 미래에서 굳이 뭘 하러 이곳에 온 거지?"

"미래는 세상이 다 평화롭고, 모든 게 순조롭지. 그런데 아무도 그걸 고맙게 여기질 않아."

"미래 사회에는 빚이나 질병의 고통 같은 게 없나?"

L씨가 살짝 흥미를 보였다.

"빚, 질병, 실연, 전쟁, 불만, 증오. 그러한 빈곤과 고통은 전혀 없어. 그러나 아무도 그걸 고마워하지 않지. 그래서 나는 고통으로 가득한 과거 세상을 조사해서 보고하기 위해 파견된 거야. 과거에 비하면 지금이 얼마나 멋진 시대인지를 모두에게 인식시키기 위해서. 나는 비참한 사건을 상당히 많이 수집했어. 하지만 자살만은 아직 못 봐서 당신의 자살을 꼭 구경하고 싶었던 거야."

너무 놀라운 이야기에 L씨는 눈을 감고 입을 벌린 채 우두커니 서 있었다. 멋진 미래. 안 좋은 것은 하나도 없고, 이렇게 정교한 로봇이 있는 미래 사회. 그런 광경을 상상하자, L씨는 부러워서 견딜 수가 없었다. 그때 로봇이 말했다.

"아무래도 자살 구경은 다음으로 미뤄야 할 것 같군. 나는 그리 오래 기다릴 수가 없거든. 안타깝지만, 우물쭈물했다간 시공 연속체에 이상이 생겨서 돌아가는 길에 에너지가 부족해지니까. 그럼 이만…."

로봇이 비틀비틀 일어서서 다리를 끌며 문밖으로 나가려 했다. L씨가 허둥지둥 로봇을 불러 세웠다.

"자, 잠깐만! 나도 데려가 줘. 제발 부탁이야."

"그건 곤란해."

"뭐 어때. 나처럼 비참한 인간이 가서 직접 설명하는 게 더 도움이 될 거야."

L씨가 애원하며 매달렸다.

"그건 그렇지만, 미래를 엿보면 두 번 다시 돌아올 수 없어. 과거로 돌아와서 미래 이야기를 하면 역사가 꼬여서 어처구니없는 일이 벌어지니까."

"그런 걱정은 붙들어 둬. 난 현대사회에 절망했어. 빈곤과 고통과 악덕이 없는 세상으로 갈 수만 있다면, 다시 돌아오고 싶은 사람이 누가 있겠어?"

L씨는 무리하게 애걸복걸하며, 어둠 속의 타임머신에 함께 올라탔다. 공간을 가르는 소리가 울려 퍼지고, 잿빛 안개에 휩싸이는 듯한 느낌이 들었다. 타임머신은 쏜살같이 미래로 향하는 시간 속으로 내달렸다.

"자, 도착했어."

로봇의 말에 L씨가 주위를 둘러보았다. 환한 햇빛 속에 빌딩들이 질서 정연하게 늘어서 있었다. 사람들의 표정에는 어두운 그늘이 전혀 없었고, 모든 게 일사불란하게 운행되는 것 같았다. 완벽한, 밝은, 멋진 미래 사회였다.

L씨는 잠시 후 끔찍한 세계에 왔다는 걸 알았다. 분명 빈곤도 고통도 악덕도 없었다. 모두가 로봇이니 당연한 결과 아닌가. 게다가 식료품이라고 해 봐야 윤활

유와 건전지뿐. 게다가 죽는다고 한들 다시 환생할 기

대는커녕….

꿈의 도시

아침이 밝았다. 방 한쪽에는 침대가 있고, 그 위에 한 남자가 잠들어 있었다. 잠시 후, 머리맡에 있던 합금으로 된 백합꽃이 고개를 쳐들었다. 꽃잎 속이 희미하게 술렁거리는가 싶더니, 거기에서 흘러나온 서늘한 공기가 그의 얼굴 위로 퍼져 나갔다.

코를 실룩거리며 그 공기를 한껏 들이마신 남자가 눈을 떴다. 그리고 기분 좋게 기지개를 켰다.

"아아. 벌써 아침인가. 모처럼 기분 좋은 꿈을…."

그가 중얼거리는 혼잣말은 하품과 뒤섞이며 흐지부지되었다. 남자는 이내 손을 뻗어 합금 백합의 잎을 어루만졌다. 뿜어져 나오던 공기가 서서히 약해지다 멎었다. 이 장치는 일정한 시간이 되면 각성제 안개를 함유한 공기를 발산해서 잠을 깨워 주는 기능을 한다.

그가 일어난 것을 알아채고, 벽에 걸린 전자 기억장치가 그를 향해 전파를 보냈다. 남자의 오른쪽 귀에 달린 귀걸이가 그 전파를 소리로 바꾸어 속삭였다.

"오늘은 당신의 축하 파티가 열리는 날입니다. 그 일정에 맞춰서 준비해 주세요."

"알아, 알고말고. 간절히 고대해 온 이날을 잊을 리가 있나. 조금 전 꿈도 즐거웠지만, 그게 중단돼도 전혀 서운하질 않아. 오늘의 축하 파티는 꿈이 아니고, 꿈 못지않게 즐거운 자리니까. 내가 반평생을 바친 이 도시의 축하 파티. 나는 시민들에게 감사 인사를 받겠지. 인생에서 이렇게 멋진 날은 다시없을 거야."

그는 얼굴 가득 미소를 머금고 하염없이 중얼거렸다. 오십이 조금 넘은, 체격이 건장한 남자의 이런 모습을 본 사람이 있다면 누구라도 우스꽝스럽게 여길 게 틀림없었다. 그러나 그에게는 처자식이 없었기 때문에 지적당할 염려도 없었고, 원하는 대로 거리낌 없이 행동할 수 있었다.

잠시 후, 창문 커튼이 자동으로 열리며 햇빛을 끌어들였다. 그는 침대에서 몸을 일으키고 경치를 내다보았다. 고층 빌딩이 질서 정연하게 늘어선 그 전망은 늘 봐 오던 익숙한 광경이었지만, 오늘만큼은 한층 더 특별했다.

"인구가 3000만 명. 그들이 모두 순조롭게 운영되고 있어."

그는 스스로에게 들려주듯 중얼거렸다. 그는 20년 전, 당시에는 아직 작은 도시였던 이곳의 시장으로 선출되었다. 그리고 청년다운 이상을 불태우며 웅대한 도시계획을 세웠던 것이다.

그때부터 오늘까지 그는 독신 생활을 계속하며 자신의 이상을 실현하기 위해 인생을 다 바쳤다. 도시는 그와 더불어 발전했고, 이제는 3000만 명이나 사는 유수의 도시로 성장했다. 그의 도시는 인구 면에서만이 아니라 기능 면에서도 뛰어나서, 다른 도시들은 모두 이곳을 모델 삼아 건설되고 있었다. 오늘은 이 같은 그의 노고를 기리기 위한 감사 파티가 열린다.

그는 침대에서 내려와 샤워실로 향했다. 그가 내려오자 침대가 자동으로 접히며 벽 속으로 사라졌다.

잠옷을 벗고 샤워실로 들어가자 곧바로 공기가 소용돌이를 일으키며 뿜어져 나왔다. 그의 몸을 휘감은 그 공기에는 특수한 기체가 함유되어 있어서 피부의 오염을 미세한 가루로 바꿔서 말끔히 씻어 내린다.

그가 흐뭇한 표정으로 그 공기에 몸을 맡기고 있는데, 귀걸이형 수신기가 또다시 속삭였다.

"전화가 왔습니다. 어떻게 할까요?"

"연결해."

그가 고개를 끄덕이며 목에 걸린 은고리를 작동시켰다. 이 고리는 목에서 나오는 소리를 받아 상대에게 전하는 성능이 있다.

"여보세요? 누구신지…? 아, 자네였구나. 요즘 한동안 못 만났지. 어떻게 지내?"

그가 반가워하는 기색이 가득한 목소리로 말했다. 상대는 대학 시절 친구였다.

"지금 막 공항에 도착했어. 학회가 있어서 왔는데, 오늘 자네 축하 파티가 열린다는 이야기를 들어서."

"으응. 파티 시작까지 아직 여유가 좀 있어. 시간 있으면 잠깐 우리 집에 들렀다 가지 그래."

"고마워. 그럼 잠깐 들를까."

"빨리 와. 공항에서 여기까지는 지하 파이프 도로로 5분이면 돼. 기다릴게."

"바로 갈게. 실은 자네에게 빨리 알리고 싶은 게 있거든. 그럼 그 얘기는 만나서…."

상대는 그렇게 말하고 전화를 끊었다. 공기 샤워는 한동안 이어졌지만 잠시 후 끝났고, 그는 상쾌한 표정으로 샤워실에서 나왔다. 전신 마사지기에 몸을 맡기고 있으니, 문 쪽에서 벨이 울리며 손님이 왔음을 알렸다. 그는 가운을 입고, 원격조종으로 문을 열었다.

"야아, 오랜만이야. 먼저 축하 인사부터 받지. 도시를 이토록 눈부시게 성장시킨 시장님!"

친구가 장난스러운 말투로 인사를 건네며 들어왔다.

"어어, 고마워. 어때, 같이 아침이나 먹을까?"

시장이 친구를 식탁으로 안내했다. 그리고 식탁 끝에 있는 작은 수도꼭지에 손을 얹고 물었다.

"일단 커피부터 마실까?"

"응, 뜨거운 걸로 부탁해."

시장이 눈금을 맞추며 다이얼을 돌렸다. 수도꼭지에서 김이 모락모락 피어오르는 커피가 흘러나와 커피 잔을 채웠다. 그것을 친구에게 건넨 다음, 이어서 눈금을 바꿔 자기 컵에는 우유를 따랐다.

"모든 게 파이프로 배달되지. 이것도 지금이야 어느 도시에서나 시행되지만, 사실은 여기가 최초였어."

시장이 우유를 마시며 자랑스러운 듯이 말했다.

"보나마나 엄청나게 힘들었겠지."

"말도 마. 우유, 커피, 각종 수프, 주스. 이런 것들을 각각의 파이프로 배달하는 게 쉽지는 않았지. 그래도 고심한 만큼의 성과는 있었어. 배달 용기가 전혀 필요 없게 됐으니까. 용기에 담고, 다 마시면 내다 버리는 번잡한 행위가 사라진 거지. 그리고 원할 때 원하는 양만큼 바로바로 사용할 수 있고."

시장은 우유를 다 마시고, 버튼을 눌렀다. 식탁 옆에서 갓 구운 부드러운 빵이 나타났다.

"언제든 갓 구운 빵을 먹을 수 있게 된 것도 다 자네 노력 덕분이지."

"어어, 빵 원료를 액체 상태로 각 가정에 배달하고, 가정에서는 필요할 때마다 자동 빵 제조기로 눈 깜짝할 새에 구워 내지. 이것도 처음 계획 단계였을 무렵에는 다들 엄청나게 웃어 댔어. 하지만 지금은 그렇게 웃던 녀석들도 이렇게 보내 주는 빵을 먹고 있지. 빵뿐만

이 아니라 뭐든 다 그래."

시장이 다른 수도꼭지를 돌려서 젤리 상태인 식품을 접시에 담았다. 그걸 친구에게 권하면서 물었다.

"그런데 자네는 여전히 아이들을 대상으로 연구하나?"

"응, 아동 전문 의학을 하고 있지. 정말 요즘 아이들의 건강 상태는 옛날에 비하면 월등하게 좋아졌어. 지나치게 좋아진 경향이 있지."

친구가 무슨 말을 꺼내려고 했지만, 시장이 웃으며 손사래를 쳤다.

"그야 좋은 경향이잖아. 그거야말로 내 노력이 결실을 맺었다고 할 수 있지."

"정말 잘 먹고, 소화도 잘 시켜. 아무래도 그게 문제야."

"별 이상한 걱정을 다하는군. 그게 무슨 걱정이야? 식품 합성 공장은 소비에 맞춰서 얼마든지 생산해 낼수 있어. 영양이 풍부하고, 청결한 상태 그대로 말이야. 식료품에 대한 걱정은 전혀 할 필요가 없다고."

"하지만 그걸 배달해야 하잖아."

"배달도 걱정할 필요가 전혀 없어. 아무리 양이 늘

어도 문제없다니까. 자세히 설명해 줄 테니, 이쪽으로 와 봐."

때마침 식사가 끝나서 시장은 친구를 서재로 안내했다. 서재 벽에는 그 도시의 단면도가 걸려 있었다.

"이게 바로 단면도로군."

친구가 그것을 바라보며 고개를 갸웃거렸다. 시장은 이를 알아채지 못하고 자랑하듯이 가리켰다.

"모든 게 이상적이야. 공간은 낭비 없이 이용되고 있고, 어떤 사태에도 대응할 수 있어. 지하로 통하는 식료품용 파이프는 이 굵기로 각 블록까지 연결되고, 여기서부터는 가느다란 관으로 나뉘어서 각 가정으로 가지. 인체로 따지면 모세혈관이라고나 할까. 아 참, 그건 자네의 전문 분야지."

"식료품 소비가 늘면 어떡하지?"

"이 메인 파이프의 굵기는 일정하지만, 그 속을 통과하는 액체의 압력을 높일 수 있도록 설계했지. 압력을 높이면 얼마간 소비가 늘어나도 큰 문제없이 공급이 가능하지 않겠나."

친구가 메인 파이프 옆을 가리키며 물었다.

"이 파이프는 뭐지?"

"이건 폐품을 운반하는 파이프야. 그리고 이쪽이 신제품을 보내 주는 파이프고. 굵기도 이 정도면 충분하잖아. 한번 보여 줄까? 마침 이 의자 상태가 좋질 않아. 새 의자로 바꿔야겠어…."

시장은 생각났다는 듯이 옆에 있던 의자를 들어 올려 벽에 난 구멍에 집어넣었다. 플라스틱 의자는 와삭거리는 가벼운 소리를 내며 분말로 바뀌더니, 파이프 속으로 사라졌다.

"…폐품은 모두 분말로 바뀌어서 운반되지. 그래서 굵기는 이 정도면 돼. 신제품을 운반해 주는 파이프도 충분한 검토를 거쳐 이 굵기로 결정한 거야."

시장이 그렇게 말하며 카드 방식 카탈로그를 주문 기계에 넣었다. 주문 기계가 그것을 공장에 신호로 전달했는지, 제품 배달 구멍이 의자의 부품들을 잇달아 쏟아 냈다. 주문 기계는 로봇 손으로 부품들을 받아서 순식간에 조립을 끝냈다.

"부품 형태로 배달하고, 각 가정에서 조립한다. 물론 초창기엔 의견이 분분했지. 능률이 떨어진다 어쩐다 하면서 말이야. 하지만 단호하게 실현시키고 보니, 그것을 보상하고도 남을 이점이 있다는 걸 누구나 알게 됐지. 커다란 형태로 배송하지 않아도 되니까 공간을 낭비 없이 이용할 수 있어. 그 덕분에 각성제가 함유된 공기, 샤워용 공기를 보내는 파이프 배관을 설치할 여유도 생긴 거야."

친구는 고개를 저으며 한참을 듣고 있었지만, 이렇게 반문했다.

"커다란 물건을 운송할 필요가 생기면 어떻게 하나?"

"부품으로 분해되지 않는 물건은 없어. 주문 기계는 어떤 신제품이든 다 조립할 수 있게끔 설계되었으니까."

친구가 단면도로 더 바짝 다가가 각종 파이프들의 중앙을 지나는 2개의 파이프를 손가락으로 두드렸다.

"이 2개가 교통수단이지?"

"그렇지. 네가 조금 전에 타고 왔고, 또 네가 사는 도시에서도 이용할 수 있는 거야. 저쪽으로 가는 파이프와 이쪽으로 돌아오는 파이프. 이걸 이용하면 어디든 갈 수 있어. 파이프 밑에서 움직이는 컨베이어 벨트 위의 의자에 앉으면 운반해 주는 시스템이지. 이제 곧 이 의자 전체에 텔레비전 모니터를 설치할 계획이야.

얼마 후면 다른 도시에서도 흉내를 내겠지만, 그렇게 되면 더할 나위 없겠지."

"점점 더 여유로워지겠군."

"그렇지. 여유롭지. 기계는 정확하고 원활하게 운행되고, 사람들은 그 덕분에 여유롭게 생활할 수 있어. 이거야말로 이상적인 생활 아닌가. 이 도시는 그 꿈을 처음으로 실현했어."

"대단한 일이군. 용케 여기까지 이뤄 냈어."

"대단하지. 그 말이 맞아. 내가 생각하기에도 잘 해 낸 것 같아. 다시 한번 해 보라고 하면 절대 불가능할 거야. 그런데 다행히 성공했고, 완성했지. 그리고 잠시 후면 그 노고를 치하해 주는 축하 파티가 열려. 함께 기뻐해 주겠나?"

그런데 친구는 근심스러운 표정을 지으며 머뭇거렸다.

"기뻐해 주고 싶지만⋯."

"왜 그래? 무슨 문제라도 있나? 있으면 말해 봐. 물론 모든 사태에 대응할 수 있겠지만⋯."

"사실은 내가 연구하는 분야에서 최근 발견한 사실인데."

"아이들한테 무슨 문제라도 생겼나?"

"건강 상태가 지나치게 좋아."

"그 얘기는 좀 전에도 들었어. 전혀 걱정할 일이 아니잖아."

"아니, 게다가 정신적으로도 여유로워서 성장이 굉장히 빨라."

"그것도 별문제는 아니라고 보는데."

"하지만 얼마나 성장할 것 같나? 현재 예상으로는 성인이 되면 우리의 두 배는 될 것 같단 말이지."

시장은 한동안 입을 다물었지만, 이윽고 사태의 심각성을 깨달았다.

"그, 그래? 자네가 아까부터 걱정했던 문제가 그거였군. 흐음, 그럼 교통용 파이프를 확장해야 한다는 말인데…."

시장이 단면도를 가까이 들여다봤지만, 괴로운 목소리로 중얼거렸다.

"안 돼. 공간을 한 치의 낭비도 없이 이용했기 때문에 이 이상은 확장할 수 없어. 확장하게 되면, 물품과 식료품 운송 등 모든 파이프에 영향을 미치게 돼. 그건 대규모 공사야. 하지만 3000만 명의 생활을 위해서는 그렇게 고칠 수밖에 없지. 지금 당장 5개년 계획을 세우고 그걸 시장의 마지막 과업으로 추진해야겠군."

친구는 시장이 중얼거리는 소리를 듣고 더욱 곤란하다는 듯이 말을 이어 갔다.

"그런데 문제는 교통용 파이프뿐만이 아니야. 훨씬 더 큰 문제가 있어."

"그건 또 무슨 소리야?"

"이 빌딩을 예로 들면 이 방이 문제야. 이 방의 높이와 넓이도 다 확장시켜야 해."

"아아, 이 일을 어쩌면 좋나. 모든 걸 다시 해야 하는군. 이 도시를 모조리 무너뜨리고, 그 자리에 다시 새롭게 만들어야 한단 말인가?"

시장은 창밖으로 끝없이 이어지는 빌딩들을 바라보았다. 슬픔에 잠긴 그 표정을 본 친구는 뭐라 위로의 말을 건넬 수가 없었다. 그때 시장의 귀에 달린 귀걸이가 가차 없이 속삭였다.

"이제 슬슬 축하 파티에 나가실 시간입니다. 준비해 주세요."

서 커 스 여 행

"단장님, 조금 전 행성의 기지에서는 다들 매우 기뻐해 줘서 다행이네요."

나는 우주선 속도를 높이며 단장에게 말을 건넸다. 단상이 고개를 끄덕이며 대답했다.

"그래, 우리도 그 먼 길을 찾아온 보람이 있군. 자, 서둘러서 다음 별로 가자고. 그곳에서도 필시 우리를 기다리고 있을 거야."

빨강, 초록, 노랑으로 화려하게 색칠한 우리의 우주선은 지금 막 어느 행성을 출발해서 다음 목적지를 향해 조용히 공간을 가로지르는 중이었다.

나는 시계를 보았다.

"아, 이제 곧 식사 시간인데요."

"그렇군. 이봐, 다들 식사하지!"

단장의 외침을 듣고, 옆 선실에서 개 여러 마리가 귀여운 소리로 기쁜 듯 짖어 대며 튀어나왔다.

우리 두 사람은 곡예를 가르친 개들로 서커스단을 만들어서 곳곳에 흩어진 별들을 돌며 공연을 다니는 중이었다.

지구에서 이주해서 새로운 별들을 개척하는 일에 종사하는 사람들은 우리 우주선이 오기만을 애타게 기다렸다.

개들과는 줄곧 함께 여행을 해 왔기 때문에 우리 사이는 지구에서의 인간적 유대감보다 훨씬 더 끈끈한 친밀감으로 맺어져 있었다.

개들은 우리가 하는 말을 바로 알아들었고, 우리 또한 그들의 울음소리와 동작으로 기분을 헤아릴 수 있었다. 그래서 별에서 별로 이동하는 긴긴 여행도 외롭지 않았고, 우주선 안에는 언제나 화목한 분위기와 활기가 넘쳐 났다.

그런데 여행 도중에 예상치 못한 사태가 발생했다.

"단장님, 문제가 생겼습니다. 이대로라면 다음 행성까지 식량이 부족할 것 같습니다."

"그래? 출발할 때 철저하게 조사해 뒀어야 하는데. 그렇다고 해서 지금 다시 돌아갈 수도 없잖나. 아, 다행히 저쪽에 별이 보이는군. 일단 저기 착륙해 보지. 뭔가 구할 수 있을지도 모르니까."

나는 우주선을 그 미지의 별에 착륙시켰다. 창밖을 내다본 뒤에 이렇게 말했다.

"단장님, 저 식물을 좀 보세요. 먹음직스러운 열매가 달려 있어요."

"상황이 점점 더 순조롭게 풀리는군. 좋아, 따러 가 보자."

우주선에서 나온 우리 두 사람은 식물이 우거진 덤불로 향했다. 그때 예상치도 못한 난관에 맞닥뜨렸다.

어디선가 갑자기 송곳니를 드러낸 개들이 나타나더니, 차츰 수를 늘려 가며 우리를 향해 맹렬하게 짖어 대기 시작했다.

"이건 안 되겠어. 빨리 철수하자!"

"이 별에는 개들만 사나 봐요."

우리는 허둥지둥 우주선 안으로 도망쳤다.

그러나 무기를 싣고 오지 않았기 때문에 밖으로 나갈 수도 없었고, 그렇다고 해서 그대로 출발해서 아사를 향한 여행을 하고 싶지도 않았다.

바로 그때, 우주선 안에 있던 개들이 이렇게 제안했다.

"우리에게 맡겨 주세요. 어떻게든 교섭해 볼 테니까."

그래서 문을 열어 주자, 우리 개들이 줄줄이 밖으로 나갔다. 창으로 내다보니, 개들이 이 행성의 원시적인 개들과 얘기를 나누는 듯했는데, 한참이 지나자 교섭이 성립됐는지 우리가 원했던 식물 열매를 입에 물고 대량으로 운반해 왔다. 우리는 가슴을 쓸어내렸다.

"얘기가 잘 풀렸나 보군. 뭐라고 얘기했니?"

개들은 이렇게 대답해 주었다.

"있는 그대로 설명했을 뿐이에요. 우리는 별에서 별로 서커스를 하며 돌아다니는데, 도중에 식량이 부족해서 이 별에 착륙했다. 저 식물의 열매를 좀 나눠 줬으면 좋겠다."

"잘했어. 그건 그렇고, 감사 인사는 어떻게 하면 좋을까?"

"녀석들은 서커스라는 걸 보고 싶어 해요. 안 보여

줄 순 없어요."

그야말로 어처구니없는 사태가 벌어진 것이다.

그러나 하지 않을 수는 없었다. 우주선에서 흘러나오는 음악에 맞춰 단장과 나는 개들이 지휘하는 대로 날아오르고, 뛰고, 물구나무를 서고, 격투를 벌이고, 녹초가 될 때까지 공연을 계속해야만 했다.

한편 원주견原住犬들은 난생처음 보는 서커스가 매우 즐거운 듯 보였다. 보나마나 이런 감상을 주고받았을 게 틀림없다.

"이건 정말 대단해! 저 두 발 달린 큰 동물을 용케 잘도 훈련시켰군."

사랑스러운 폴리

나는 선원이었다.

아주 젊었을 때부터 배를 탔고, 전 세계 항구를 거의 다 돌아다녀 봤다. 나는 너희와 비교하면 머리도 그다지 좋지 않고, 얼굴도 신통치 않은 남자다. 육지에서 생활했다면, 그로 인해 쓸쓸한 경험도 여럿 겪었겠지. 그러나 드넓은 바다를 바라보는 생활에서는 그런 불쾌한 상황을 맞닥뜨리지 않을 수 있었다.

나는 낭비하는 성격도 아니기 때문에 돈도 제법 많이 모았다.

게다가 짬짬이 부업으로 밀수 거래도 열심히 했다.

밀수라는 일은 너희처럼 조심스럽고 신중한 녀석들은 할 수 없는 일이다. 나는 신용을 얻어서 마약이나 보석 같은 여러 가지 물품을 의뢰받은 덕분에 계속 놀고먹을 수 있을 정도의 돈도 모았다.

그러나 나 같은 남자는 아무리 돈을 물 쓰듯 해도 너희처럼 여자한테 인기가 있다거나 하진 않았다.

그래서 나는 돈을 좀 더 모으기로 결심했다.

돈을 모으는 것은 당분간 쓸 데가 없어도 나름대로 즐거운 일이다. 그런데 결국 그것을 그만둘 수밖에 없는 시기가 도래하고 말았다.

지중해 부근의 작은 항구에서 새긴 문신이 원인이었다.

동료 선원들은 대체로 여자나 배 모양 문신을 하곤 했다. 나만 아무것도 안 새기는 것도 좀 그래서 이참에 한번 해 봐야겠다는 생각을 한 게 잘못이었던 것 같다.

그리고 기왕 할 바에는 누구나 하는 평범한 모양이 아니라 아주 특이한 모양으로 해야겠다고 생각한 것도 잘못이었다.

"어떤 도안으로 하실래요?"

나이가 지긋한 집시 여인이 어스름한 오두막 안에

서 견본 그림이 그려진 종이를 넘겨 주며 나에게 물었다. 그 순간 웬일로 내 머릿속에 멋진 생각이 떠올랐다.

"양배추로 해 주시오."

내가 기억하는 한, 양배추 문신은 본 적이 없었다. 나는 살짝 우쭐한 기분이었다. 그러나 한편으로는 너무 유별난 주문이라 비웃음을 사지는 않을까 걱정했는데, 왜 그런지 그 집시 여인이 낯빛을 바꾸며 말렸다.

"그것만은 하지 마세요."

머리가 나빠도 그런 말을 들으면 더 하고 싶어지는 법이다. 그래서 나는 거짓말을 했다.

"안 돼. 난 오래전부터 문신을 하게 되면 꼭 양배추를 새기겠다고 결심했어. 그런데 어느 문신사도 안 해 줘서 지금까지 못 한 거야."

"아무도 안 해 준 건 하면 안 되기 때문이에요."

"당신이 못 하니까 그런 소릴 하겠지."

"못 하는 게 아니에요. 하지만 나중에 어처구니없는 일이 생길 거예요. 평생 후회하게 될 거라고요."

"상관없어. 난 동료들에게 자랑하고 싶단 말이지. 돈은 얼마든지 줄 테니, 부탁 좀 하자고."

나는 이럴 때가 아니면 돈 쓸 데가 없다는 생각에

집시 여인을 회유해서 결국 왼쪽 위팔에 양배추 문신을 새겼다. 완성도가 매우 뛰어나서 언뜻 보면 입체적인 느낌까지 들 정도였다. 나는 배로 돌아가서 동료들에게 문신을 보여 주며 자랑했다.

모두 눈을 휘둥그레 떴지만, 예상한 만큼 감탄하지는 않았다. 나는 조금 실망스러웠다.

그 후로 얼마 지나지 않아 안 좋은 일들이 꼬리에 꼬리를 물고 일어났다. 그날 밤부터 문신한 자리가 가렵기 시작했고, 계속 긁다 보니 상처 자국으로 소금물이 들어갔는지 곪기 시작했다. 이삼 일이 지나 나은 것 같아서 붕대를 풀었는데, 그 자리에 묘한 일이 벌어졌다. 양배추가 사라지고, 그 대신 여자 얼굴이 나타난 것이다.

여자 얼굴은 양배추와 마찬가지로 입체적인 느낌이었다. 대단히 입체적인 나머지, 살아 있는 것처럼도 보였다. 시험 삼아 손가락으로 찔러 보자, 아픈 표정을 짓는 것 같았다. 재미있다는 생각에 서둘러 동료들에게 보여 주고 다녔는데, 이번에도 반응은 신통치 않았다. 모두 시선을 피하며 말없이 고개를 돌렸다. 표정이 있는 문신이라니, 너무나 멋진데 왜 아무도 칭찬을 해 주지 않을까. 나는 동료들의 반응이 날갑지 않왔다. 여자 얼굴이 별로 미인이 아니라서 그럴 거라고 짐작했다.

다음으로 일어난 나쁜 일은 내가 해고를 당한 것이다. 얼마 후 선장으로부터 해고 통지를 받았다.

"이번에 귀항하면 그만둬 줘야겠네. 다들 자네가 있으면 일하기 힘들다고 하니 말이야."

아무리 매달려도 소용없었다. 집시 여인이 한 말은 해고였던 것 같다. 아무런 실수도 안 했는데 해고를 하다니, 불운이라고 말할 수밖에 없었다.

나는 작은 집 한 채를 사서 한동안 육지 생활을 하기로 했다. 그 무렵에는 팔에 나타난 여자 얼굴이 점점 부풀어 올랐다. 흡사 혹이 생겨서 부어오르는 느낌이었지만, 딱히 아프지는 않았다. 조금씩 커질수록 얼굴은 이따금 눈을 깜박이게 되었다. 하지만 별로 미인이 아니었기 때문에 귀여운 맛은 전혀 없었다. 나는 이 문신이 좀 더 미인이었으면 해고당하지 않았을 거라는 생각에 화가 나기 시작했다.

그러다 어느 날, 욱하고 화가 치밀어 옆에 있던 칼로 팔에 난 얼굴을 베어 냈다. 쉽게 떨어져 나가서 속이 조금 후련했다. 나는 정원 한쪽에 구멍을 파고 그 얼굴을 묻어 버렸다.

하지만 그게 끝이 아니었다. 얼마 후 상처 자국이 아문 듯해 팔을 살펴보니, 또다시 여자 얼굴이 나타난 게 아닌가. 전과는 다른 얼굴이었지만, 이번에도 역시나 그리 미인이라고 할 수는 없었다.

얼굴이 좀 더 나아질 수는 없을까 하는 마음에, 빨래집게로 그 코를 집고 잠시 상황을 살펴보기로 했다. 일주일쯤 지나 얼굴이 솟아올라서 코가 높아졌나 하고 빨래집게를 빼자, 원래의 낮은 코로 되돌아가 버렸다.

성형수술이라도 하면 좋겠지만, 의사에게 보여 줬다가는 소문이 날지도 모른다. 배에서처럼 사람들에게 미움을 사면 곤란하다.

나는 여러 가지 화장품을 사다 여자의 얼굴에 분을 바르고 립스틱도 칠해 보았다. 처음 해 보는 일이라 한동안은 꽤 재미있었는데, 도무지 잘 되질 않았다. 미인이 아닌 얼굴은 아무리 공을 들여도 한계가 있는 모양이다. 그러다 결국 나는 또다시 몹시 분통이 터져서 그 얼굴을 도려내 쓰레기통에 버렸다. 평생 이런 삶이 계속되려나 생각하니 조금 진절머리가 났다.

쓰레기통에 집어 던진 얼굴이 바짝 말라서 퍼석퍼

석한 가루로 사방에 흩날릴 때쯤, 나에게 행운이 찾아왔다. 이번에 나타난 여자의 얼굴은 비교적 미인이었던 것이다. 나는 그 여자를 소중히 키워야겠다고 생각했다.

너희 같았으면, 좀 더 미인이 나타날 거라며 얼굴을 계속 잘라 내겠지만, 나는 내 분수를 잘 안다. 이 정도로 만족하는 게 좋다.

잘 때는 왼팔이 밑에 깔리지 않게 며칠 밤을 보냈다. 빨리 키우려면 영양이 필요할 것 같아서 밥도 많이 먹었다. 그래서일까, 지금까지와 비교하면 성장 속도가 빨라서 크게 부풀어 올랐다. 그와 동시에 아름다움도 더해 가는 듯했다. 그건 아마도 내 마음이 치우친 탓에 그렇게 느껴진 것인지도 모른다. 머리카락도 점점 짙어지고, 긴 눈매도 매력적이었다.

"이봐, 어때?"

나는 무심코 말을 걸어 보았다. 그러자 놀랍게도 여자는 예쁜 입술을 움직이며 작은 목소리로 대답해 주었다.

"뭐가…?"

이것은 새로운 발견이었다. 지금까지는 여자들에

게 말을 걸어 볼 생각조차 못 했기 때문이다.

"이름이 뭐야?"

"당신이 불러 주는 이름이면 다 좋아."

이렇게 순종적인 여자는 처음 만났다. 배를 타고 다닐 때 사귄 여자는 하나같이 나를 바보 취급하는 여자들뿐이었다. 나는 이루 말할 수 없이 기뻤다.

"그럼, 폴리라고 부를까? 그래, 넌 폴리야."

나는 머뭇거리며 작은 목소리로 불러 보았다. 가슴이 두근두근 뛰었다.

"왜…?"

"나는 변변찮은 남자지만, 도망가진 마."

"걱정 마."

여자가 방긋 웃었고, 나는 알아차렸다. 내 팔에 붙어 있으니 도망칠 수 없다는 것을. 그래서 나도 웃었다. 드디어 나에게도 내 여자가 생긴 것이다. 머리가 나쁘고 못생긴 나에게도.

내가 키스를 하자, 폴리는 살짝 거부했다. 처음이라 부끄러워서인지, 아니면 내가 별로 멋지지 않아서 싫은 건지는 알 수 없었다. 하지만 어쩔 수 없었다. 조만간 익숙해지겠거니 생각하면서도 조금 미안한 마음도 들어서 이렇게 물었다.

"폴리, 뭐 원하는 거 없어?"

"나, 과자 먹고 싶어."

"알았어. 갖다줄게."

나는 사탕 하나를 그 작은 입에 넣어 주었다.

"고마워. 맛있었어."

나는 그때부터 폴리와 이야기를 나누고, 키스하고, 과자를 먹여 주면서 하루하루를 보냈다.

폴리는 얌전하고 착했다. 나는 폴리에게 과자를 많이 먹여 주었고, 기뻐하는 그 얼굴을 보면서 만족스러워했다.

폴리는 조금씩 커 갔고, 그에 따라 적응이 좀 되는지 대화도 잘했고, 먹기도 잘 먹었다. 저거 먹고 싶어, 이거 먹고 싶어, 식으로 말도 하게 되었다.

나는 가게로 전화를 걸어 그것들을 모두 배달시켰다. 선원 생활을 할 때, 낭비하지 않고 돈을 모아 두길 잘했다고 생각했다.

돈이란 자고로 자기 여자에게 쏟아붓는 게 가장 좋은 소비겠지.

"걱정할 거 없어. 난 돈이 많아."

폴리도 그 말을 듣고 기뻐하는 것 같았다.

나는 집시 여인이 한 말이 엉터리였다는 걸 알았다. 지금 이렇게 행복하지 않은가.

나의 폴리는 점점 더 아름답게 성장해 갔다….

나는 오랜만에 시내로 나갔다. 줄곧 폴리에게만 매달려 있었기 때문에 시내는 정말 오랜만이었다.

갑자기 어디선가 휘파람 소리가 들렸다.

그쪽으로 시선을 돌리자, 거기에는 선원 시절 동료가 술에 취해 걸어오고 있었다. 반가워서 인사를 건네려는데, 그쪽에서 먼저 말을 걸어왔다.

"어이 아가씨, 이름이 뭐야?"

"폴리야."

폴리가 먼저 대답해 버렸다.

"같이 한잔할래?"

그가 가까이 다가왔다.

나는 폴리에게 큰 소리로 빨리 돌아가자고 말했지만, 그 소리는 너무 작아서 폴리에게는 들리지 않는 것 같았다. 게다가 폴리는 핸드백에서 반창고를 꺼내 내 얼굴 위에 붙여 버렸다.

계약자

나는 악마다. 활활 타오르는 지옥의 불길 옆에 바비큐 도구를 몰래 세팅하자마자 마왕에게 들키고 말았다.

"어허, 이놈! 게으름 피우지 말랬지. 넌 먹기만 하고 일을 전혀 안 해! 자, 얼른 지상으로 가서 인간들을 줄줄이 엮어 와."

어이쿠, 상사의 명령은 거역할 수가 없다. 나는 지상으로 내려왔고, 선로 옆에 의기소침하게 서 있는 한 남자를 발견했다. 오호, 마침 잘됐군. 녀석은 선로로 뛰어들 게 틀림없다. 그래서 말을 건넸다.

"저어, 잠깐만요."

"아니, 말리지 마. 말리는 사람은 기분이 꽤 좋겠지만, 그렇다고 절대 돈을 주진 않아. 세상사가 다 그렇지. 어차피 너도 그런 부류일 테고."

훌륭해. 정확히 알아맞혔어. 이런 식으로 터무니없는 논리를 들이대며 사회를 저주하는 사람이 아니면, 이쪽이 곤란하다.

"지당하신 말씀입니다. 부디 오래 살면서 그런 사회에 복수를 하세요. 미흡하게나마 도와드리겠습니다."

"말이 좀 통하는군. 하지만 공짜로는 안 돼."

"죽을 때 영혼이라도 주신다면…."

"하하하. 그런 게 담보 가치가 있을 줄은 몰랐군. 주고말고."

"그럼, 계약은 끝났습니다."

그런 뒤 녀석을 파친코로 안내했다.

"정말 놀랍군. 마치 꿈을 꾸는 기분이야. 흐음, 그럼 진짜 악마가 틀림없군. 그렇다면 내가 죽으면 지옥행인가? 그건 싫어. 계약 파기야!"

"그렇게는 안 되죠. 하하하…."

순조롭게 풀려 갔다. 녀석은 모든 내기에서 계속 이

겼다. 그러나 약속된 지옥행의 불안감을 달래려고 터무니없이 돈을 펑펑 써 댈 게 틀림없다. 그에 따라 악덕이 퍼져 나가 우리 고객이 늘어나는 구조다.

나는 능률을 높이기 위해 또 다른 사람과 계약을 맺었다. 씨앗을 2개 뿌리면, 수확도 2배로 늘어난다. 싱글벙글하며 지옥으로 돌아가자, 누군가의 목소리가 들려왔다.

"이봐, 악마! 잠깐 와 봐."

그 목소리를 듣고 다시 지상으로 내려갔더니, 나와 계약한 두 사람이 나란히 서 있었다.

"오호 이런, 둘이 같이…. 하지만 미리 말해 두는데, 해약은 불가능합니다."

그렇게 말했지만, 녀석들이 대답했다.

"해약이 아니야. 이제부터 우리 둘이 승부를 겨룰 거다. 과연 어떻게 될까? 너는 거기서 구경하고 있어."

"자, 잠깐만요. 그런 짓을 하면 악마의 신용이 떨어져 버려요. 도와주는 셈치고 그만 멈추세요. 뭐든지 다 할 테니까…."

"그래? 그럼, 너는 대신 지금까지처럼 우리에게 돈을 벌 수 있게 해 줘. 그리고 죽었을 때는 천국으로 안

내하겠다고 약속해. …어허, 불만스러운 표정 짓지 말고! 악덕만은 제대로 퍼뜨려서 다른 사람들을 지옥으로 보내 줄 테니까. 아주 많이."

뭐라고 하든 따를 수밖에 없었다. 정말이지, 요즘 계약자들은 너무나 교활하다. 내가 인간이었다면 이렇게 소리쳤겠지.

"이런 악마 같은 놈!"

옆집 부부

우리 옆집에 어처구니없는 부부가 이사를 왔다.

자녀가 없으니 조용하겠거니 생각했는데, 그 예상은 보기 좋게 빗나갔다. 두 집 사이에 정원이 있는데도 불구하고, 커다란 고함 소리가 귓속으로 날아들었다. 성질이 고약한 쪽은 남편인지, 들려오는 고함은 언제나 남자 목소리였다.

부인 쪽은 얌전한 편인지, 이따금 눈에 띌 때마다 슬픔을 온몸으로 끌어안고 불행을 꾹 참아 내는 분위기였다.

그 모습에서 남편이 지독한 폭군이고, 그녀에게 끊

임없이 화풀이를 해 댄다는 것을 쉽게 추측할 수 있었다. 우리 같은 평화로운 가정에 비하면, 하늘과 땅 차이였다.

게다가 옆집의 소란은 날이 갈수록 점점 더 심해지는 것 같았다. 부인 쪽 얼굴의 붉은 붓기가 심해지기 시작했기 때문이다. 보나마나 폭행의 강도도 더 심해졌겠지.

이런 식으로 흘러간다면, 앞으로는 어떻게 될까. 나는 남의 일인데도 몹시 걱정이 되었다. 하지만 아무래도 일부러 찾아가서 남의 가정사에 참견하며 질문하고 충고할 수는 없었다. 하는 수 없이 조마조마한 마음으로 상황을 지켜보는 나날이 이어졌다.

그런데 얼마 전부터 그 고함 소리가 들리지 않았다.

처음에는 이 부부가 여행이라도 떠났나, 아니면 이웃들 보기가 민망해서 인사도 없이 몰래 이사를 가 버렸나 생각했다. 그런데 어느 날 오후, 정원 손질을 하고 있는데 울타리 너머로 옆집 부인이 보였다. 그 모습은 지금까지와는 달리, 몰라볼 정도로 생기가 흘러넘쳤다. 무심코 인사를 건네고 싶어질 정도였다.

"아, 사모님. 날씨가 좋네요."

"네, 정말 좋네요. 기분까지 환해지는 것 같아요."

그 목소리도 밝았고, 더없이 편안했다. 그래서 나는 그만 이렇게 묻고 말았다.

"남편분도 건강히 잘 지내시죠?"

입 밖에 내고서야 '이런 말을 물으면 실례인데' 하고 후회했다. 그래도 그녀는 태연하게 대답해 주었다.

"아 네. 덕분에 잘 지낸다고 말씀드리고 싶지만, 사실은 얼마 전에 조금 다치는 바람에 요즘에는 집에서 계속 요양만 하고 있어요."

"어이쿠 저런, 그건 참 유감이군요. 그런데 어떻게 얼마나 다치셨나요?"

"자동차 사고였어요. 운전을 워낙 험하게 해서요. 전신주에 부딪쳐서 머리가 깨지고, 다리까지 골절되고 말았어요. 회복하려면 시간이 꽤 걸릴 것 같아요."

"그럼 간호하시기도 이만저만 힘든 게 아니겠군요."

나는 진심으로 동정하며 걱정스러운 듯 말했다. 그러나 그녀의 대답은 예상과는 달랐다.

"그런데 뭐, 생각하기 나름이죠. 지금까지는 굉장히 시끄러운 사람이었는데, 사고 이후로는 정말 딴사람처럼 얌전해지고 다정해졌어요. 언제까지고 이 상태가 계속되면 좋겠다는 생각까지 든다니까요."

그녀가 즐거운 듯이 웃으며, 자기 집 쪽을 돌아보고 남편을 불렀다.

"여보."

그러자 집 안에서 남편이 불안정한 걸음걸이로 모습을 드러내며 대답했다.

"어어…."

그는 못 알아볼 정도로 온화한 표정을 짓고 있었다. 예전의 그였다면, 아내가 다른 남자와 대화를 나누는 모습만 봐도 눈을 치켜뜨고 고함을 쳤을 텐데. 머리라는 게, 다친 부위에 따라서는 사람이 저렇게도 변할 수 있구나 싶었다. 그런 생뚱맞은 생각에 잠겨 있는 나에게 그녀가 인사를 건네고 집으로 돌아갔다.

"이제 슬슬 식사 준비를 해야 해서 저는 이만…."

그러고는 남편을 끌어안듯이 해서 의자에 앉히는 모습이 보였다. 나는 그녀의 다정함에 감탄했다. 지금까지 그토록 심한 구박을 받았으니, 이럴 때 복수를 해도 될 듯한데 그런 분위기는 조금도 느껴지지 않았다.

그로부터 며칠이 지난 어느 날이었다. 나는 옆집 남편에게 병문안을 가고 싶어졌다. 얌전해신 폭군이린 존재는 왠지 모르게 가여우면서도 호기심을 불러일으켰다. 찬찬히 관찰해 보고 싶은 충동을 억누를 수가 없었다. 때마침 친구가 보내 준 위스키가 있어서 그것을 선물로 들고 그 집을 방문했다.

현관 초인종을 누르고 기다렸지만, 좀처럼 대답이 없었다. 그런데도 나는 포기하지 않고, 정원 쪽으로 돌아가서 유리문 너머로 안을 들여다봤다. 혼자 얌전히 의자에 앉아 있는 남편을 발견하고 인사를 건넸다.

"안녕하세요…?"

그런데 그는 미소 띤 얼굴을 이쪽으로 돌리고 "어어…"라고만 대답할 뿐, 문도 열어 주지 않았다. 나는 내 손으로 직접 문을 열고 안으로 들어갔다.

"다치셨다는 말을 듣고 오늘은 병문안차 찾아뵈었습니다."

역시나 그는 여전히 미소 띤 얼굴로 "어어…"라고만 대답했다. 나는 그에게 무슨 말이든 시켜 보려고 이렇게 물었다.

"오늘, 사모님은 어디…?"

바로 그때, 별안간 뒤에서 소리가 들렸다.

"여기 있다. 각오해…!"

깜짝 놀라 돌아보니, 어느새 그녀가 서 있었다. 게 다가 손에는 소형 권총을 들고, 내 쪽을 겨냥하고 있었다.

"잠깐만요! 나는 병문안을 왔을 뿐이에요. 빈집 털이를 하러 온 게 아닙니다. 그런 건 치워 주세요."

그러나 그녀는 고개를 저으며 말했다.

"비밀을 알아 버린 이상, 죽어 줘야겠어요."

"무슨 말입니까, 비밀이라니?"

"시치미 떼지 말아요! 하지만 어차피 죽을 테니, 그 전에 자세한 내막은 들려주죠. 난 남편을 죽이고 말았으니까."

"그럼 이분은…?"

내가 의자에 앉아 있는 남자를 가리켰지만, 그녀는 개의치 않고 설명을 계속했다.

"오랫동안 참고 살았지만, 결국 폭발해서 죽이고 말았어요. 그렇지만 죽이고 난 후에 어떻게 처리할지 고민이 많았죠. 이 일이 발각되지 않을 무슨 좋은 방법이 없을까 하고 말이죠. 그때 신문 귀퉁이에서 봤던 '무슨 상담이든 해 드립니다'라는 광고가 떠올라서 밑져야 본전이라는 생각으로 전화를 걸어 봤어요."

"R서비스라는 회사죠."

"네. 그랬더니 바로 달려와서 말끔하게 처리해 줬어요. 사체를 묻고, 그 대신 남편과 똑같은 모습을 한 로봇을 만들어 줬죠. 로봇이라고는 해도 외모만 비슷할 뿐, 기능은 조금 걷는 능력과 '어어'라고 대답하는 정도예요. 하지만 그거면 충분하죠. 남들에게 의심을 살 일은 없으니까. 안 그래요, 여보?"

그녀가 말을 건네자, 의자에 앉아 있던 로봇이 조금 전과 똑같은 표정과 목소리로 "어어" 하고 대답했다.

"그렇게 된 거예요. 덕분에 나는 지금까지의 지긋지긋한 삶에서 겨우 해방됐고, 드디어 느긋한 인생을 보낼 수 있게 됐죠. 나는 이런 생활을 놓치고 싶지 않아요. 그러기 위해서는 비밀을 알아 버린 분이 죽어 주셔야 합니다."

나에게 권총을 겨냥한 그녀는 금방이라도 방아쇠를 당길 것 같았다.

"자, 잠깐만요…."

나 역시 살해당하고 싶지 않았고, 현재의 즐거운 삶을 잃고 싶지 않았다. 나는 그 상황을 모면하기 위해 지금까지 줄곧 숨겨 온 비밀을 고백하기로 했다. 내 아내도 오래전부터 R서비스 회사에서 만든 로봇이었다는 사실을.

밑천

집들이 띄엄띄엄 보이는 교외의 도로는 어둑한 적막감이 감돌았다. 빛이라고 해 봐야 군데군데 서 있는 가로등 전구가 흐릿하게 밝히는 노란 불빛뿐이었다. 막차에서 내린 젊은 여성은 잰걸음으로 바삐 하숙집으로 돌아가는 중이었다.

"아, 하루빨리 이런 생활을 끝내고 싶어."

그녀는 어둠 속으로 사라져 가는 자신의 구두 소리를 들으며 혼잣말을 중얼거렸다. 바에서 추잡한 술주정뱅이의 비위나 맞추는 일에서 한시라도 빨리 벗어나고 싶었다. 하지만 사소한 실수로 지게 된 빚을 조금씩이라도 갚아 나가려면 달리 적당한 일도 없었고, 그걸 다 갚기 전에는 낮에 일하는 건전한 직장으로 옮길 수도 없었다.

"어머나…."

그녀가 나지막한 비명을 흘리며 불안한 마음으로 뒤를 돌아보았다. 인기척이 느껴진 것 같아서였다. 그러나 짙은 어둠속을 꿰뚫어 볼 수는 없었다.

"기분 탓이겠지."

그녀는 걸음을 더욱 재촉하며 손에 든 핸드백을 힘껏 움켜잡았다. 평소보다 조금 더 무거운 이 핸드백을 빼앗길 수는 없었다. "잠깐 동안이라면 빌려줄 순 있어. 이걸 밑천으로 돈을 모아서 지금 생활에서 하루빨리 발을 빼. 하지만 잃어버리면 안 되니까 정신 바짝 차려." 조금 전에 찾아갔던 친구 집에서 이렇게 다짐을 받은 후에야 간신히 빌릴 수 있었던 소중한 물건이 들어 있기 때문이다.

뒤에서 희미하게 느껴지던 인기척이 발소리로 변했다. 그리고 그 발소리는 점점 더 가까워졌다. 남자의, 그것도 젊은 남자의 발소리라는 걸 알 수 있을 정도로 바짝 다가왔다.

"큰일 났네. 만약에….”

만약에 질이 나쁜 남자라면, 돌이킬 수 없는 사태가 벌어질지도 모른다. 핸드백 안에 든, 가까스로 빌려온 밑천. 그것을 빼앗기기라도 하면, 그걸 변상하기 위해 현재의 생활을 더 오래 계속할 수밖에 없다.

그러나 발소리는 더욱 가까워졌고, 불길한 예감은 목소리로 실현되었다.

"이봐, 아가씨!”

그녀는 이것만은 빼앗길 수 없다는 생각에 핸드백을 가슴에 꼭 끌어안았다. 그러나 소용없었다.

"무슨 중요한 걸 갖고 있는 모양인데, 그걸 이리 내! 발버둥 쳐 봐야 소용없어.”

이젠 어쩔 수 없어. 도망쳐도 바로 붙잡히겠지. 비명을 질러도 근처에 그 소리를 들어 줄 사람도 없을 것 같아.

반항해 본들 젊은 남자한테는 못 당한다. 울면서 애원해도 이걸 보고 나면 돌려줄 리가 없다.

그녀는 결심을 굳혀야 했다. 핸드백을 열고, 기대로 가득한 남자를 향해 내밀었다. 가까스로 빌려 온 밑천을 손에 들고.

"의외로 간단하네. 이러면 나도 잘 사용할 수 있겠어."

그녀는 그렇게 말하며 소형 권총을 핸드백에 살며시 집어넣었다.

고백

가을 햇살 아래 평화롭게 늘어선 집들이 창밖으로 내려다보였다. 이곳은 고층 아파트에 자리한 아담한 집이다.

창 안쪽에 놓여 있는 안락의자는 아까부터 계속 살며시 흔들거렸다. 그 의자에 앉은 청년이 따분해 보이는 표정으로 흔들고 있었기 때문이다. 그는 멍하니 밖을 내다보며, 이따금 책상 위에 있는 화집 책장을 들척였다. 그 소리는 실내에 가득한 평온함의 밀도를 높이는 데 일조했다.

별안간 그 고요함이 깨졌다. 청년이 고통스러운 신

음을 흘리더니, 가슴을 움켜쥐며 일어선 것이다. 고질적인 발작이 또다시 그를 엄습했기 때문이다. 청년은 비틀거리며 책상으로 손을 뻗었다. 그리고 거기에 있던 종이봉투 속에서 약 한 봉지를 꺼내 떨리는 손으로 뜯고, 그 잿빛 가루약을 컵에 담긴 물과 함께 삼켰다.

"아아, 너무 고통스러워. 너무 끔찍한 병이야. 그래도 매번 느끼는 거지만, 이 약은 정말 잘 들어."

그는 마음이 놓인다는 표정으로 중얼거렸다. 그 약에는 강력한 극약이 배합되어 있지만, 이따금 일어나는 그의 발작을 바로 멈추게 해 주었다. 그는 그 봉투 속을 들여다봤다.

"아 이런, 이제 한 개밖에 안 남았네. 이따 약국에 가서 다시 조제해 달라고 해야겠군."

청년은 다시 안락의자에 앉았다.

방 안은 다시 고요함이 찾아왔고, 무료한 분위기가 차오르기 시작했다. 생활에 불편함이 없고, 이런 집을 빌려서 혼자 안정되게 살 수 있는 환경은 어쩌면 복이라고 할 수도 있다. 그러나 할 일이 아무것두 없는 청년은 남아도는 시간을 주체할 수 없었다.

그는 라디오를 켜고 클래식 음악에 귀를 기울였다.

시간이 흐르고 날이 저물어 가기 시작했다.

노크 소리가 단조로운 시간의 끝을 알렸다.

"누구세요?"

그의 물음에 문밖에서 여자 목소리가 대답했다.

"로라 꽃집이에요. 주문하신 꽃을 배달하러 왔어요."

"아아, 오늘은 꽃을 바꾸는 날이었구나. 들어오세요."

그는 근처에 있는 로라 꽃집과 계약해서 정기적으로 꽃을 배달받았다. 라디오를 끄고 배달원을 맞이하기 위해 문을 열었다.

꽃을 품에 안은 젊은 아가씨가 들어왔다. 아름다운 빛깔과 향기가 실내에 퍼지기 시작했다.

"그럼, 여기에 놔둘게요. 늘 감사합니다."

여자가 옆에 있는 선반에 꽃을 내려놓고, 가볍게 고개를 숙인 후 돌아가려 했다. 그 모습을 지켜보던 청년이 번뜩 떠오른 생각에 눈빛을 반짝이며 그녀를 불러 세웠다.

"저기, 많이 바쁘지 않으시면 잠깐 드릴 말씀이 있는데…."

"무슨 일이시죠?"

여자가 의아하다는 듯이 눈을 깜박거렸다.

"꼭 드리고 싶은 말이 있습니다. 당신을 이렇게 여러 번 만나다 보니, 어느새 당신이 내 머릿속에서 지워지질 않게 됐어요."

"어머나, 무슨 그런 농담을⋯."

"농담이라뇨, 진심입니다."

청년이 짐짓 진지한 표정을 지으며 말했다. 주체할 수 없는 무료함을 이 여자를 놀리면서 풀어 보려는 속셈이었다. 그리고 진심이 아니라 그런지, 말도 막힘없이 술술 흘러나왔다.

"하지만 너무 갑작스러운 일이라."

"그건 어쩔 수 없잖습니까. 사랑 고백은 언제나 갑작스러울 수밖에 없으니까. 믿기지 않을지도 모르지만, 난 정말 절박한 심정이에요."

그는 자신의 연기에 취했고, 그 취기를 더욱 만끽하고 싶었다. 그래서 책상 위의 종이봉투를 들고 이렇게 덧붙였다.

"나는 이런 약까지 준비해 뒀어요. 당신이 내 마음을 거절하면 바로 먹으려고."

그는 그 속에서 약봉지 하나를 꺼내, 옆에 있던 어

항 속에 아주 조금 떨어뜨렸다. 금붕어들은 그 즉시 미친 듯이 몸부림을 치기 시작했다. 그녀는 그 모습을 바라보다가 말없이 청년 쪽으로 시선을 되돌렸다.

"자, 이제 대답해 주시겠습니까?"

그의 흥분은 만족감으로 인해 더욱 높아졌지만, 그녀는 여전히 침묵을 지켰다.

"그렇군요. 역시 제가 마음에 안 드신 모양이군요. 그럼, 물을 떠 와야겠어요."

청년이 컵을 들고 부엌으로 갔다. 그런데 바로 그 순간, 또다시 발작이 일어났다. 너무 열중해서 계속 떠든 탓에 발작이 앞당겨졌는지도 모르겠다. 한시라도 빨리 약을 먹어야 했다.

컵을 들고 고통스러운 표정으로 돌아온 청년을 여자는 역시나 무표정한 얼굴로 맞이했다. 대체 뭐야. 둔한 건지 냉정한 건지 모르겠지만, 정말 재미없는 여자군. 하지만 지금은 그런 건 아무래도 좋았다. 그는 약을 입에 털어 넣고, 컵에 든 물을 단숨에 넘겼다. 그러나 가라앉아야 할 발작은 점점 더 심해질 뿐이었다. 그는 가슴을 움켜쥐며 바닥에 쓰러졌다.

그녀는 몸을 웅크리고 앉아 그를 살며시 안아 일으

켰다. 꿈을 꾸는 듯한 표정을 지으며 기쁨에 겨운 목
소리로 말했다.

"정말 먹었네요. 기뻐요. 나를 이렇게까지 생각해
주는 남자가 있을 줄이야. 저도 당신이 좋아졌어요. 좋
아해요. 이제 고통스러워할 거 없어요. 제가 조금 전
에 안에 든 약을 바꿔 놓았거든요. 늘 갖고 다니는 소
화제로…."

교차로

나는 형사다. 사건이 일단락돼서 오랜만에 동료들과 한가롭게 잡담을 나누는 중이었다. 그때, 교통과 동료가 이런 이야기를 꺼냈다.

"그런데 요즘 저쪽 2가 교차로에서 교통사고가 말도 못 하게 늘었어."

"그래? 하지만 그 교차로는 다른 곳에 비하면 교통량이 그리 많지도 않잖아."

내가 고개를 갸웃거리며 말했다.

"응, 그러니까 이상하지. 요즘 그쪽은 교통량과 상관없이 사고가 발생해. 조금 전에도 오토바이를 탄 젊은이가 정차 중인 버스에 부딪쳐서 즉사했는데, 그 원인을 알 수가 없단 말이지."

"목격자가 없었나?"

"있었지. 그런데 얘기를 종합해 보면, 그럴 필요가 전혀 없었는데도 갑자기 스스로 핸들을 꺾어서 버스에 부딪쳤다는 거야."

"거참 이상한 일이군. 마치 발작적으로 자살을 시도하기라도 했다는 얘기잖아."

그러나 그 이상은 추리해 볼 방법이 없었다.

그때, 아까부터 옆에서 우리의 대화를 듣고 있던 신문기자가 입을 열었다.

"사고가 많이 일어났다는 곳이 2가 교차로인가요?"

"으응. 왜 그런지 모르겠지만, 최근에 부쩍 사고가 늘었어."

"그거 재미있군요. 잠깐 가 봐야겠어요."

"이봐, 재밌다니! 그게 무슨 소리야?"

"사실은 전부터 사고의 순간을 찍고 싶었어요. 저뿐만이 아니라, 어느 신문사나 그런 사진을 확보하고 싶은 마음은 굴뚝같아요. 하지만 카메라를 준비해 놓고 기다리고 있어도, 딱 그 앞에서 사고가 일어날 리 만무

하잖습니까. 확률은 거의 제로에 가까우니까요. 하지만 사고가 빈번하게 일어나는 곳이 있다면 고마운 일이죠. 그런 곳이라면 카메라 렌즈 앞에서 사고가 나지 않으란 법도 없을 테니까. 일이 잘만 풀리면, 저도 유명한 기자가 될 수 있어요."

기자가 허겁지겁 뛰어나갔다. 나는 그 모습을 바라보면서 씁쓸한 마음으로 말을 내뱉었다.

"비정하기 이를 데 없군. 신문기자라는 놈들은 사고를 즐기고 있어. 아니, 저 녀석은 사고가 일어나길 바라는 거나 다름없잖아."

동료도 그 말에 동의하며 말을 이었다.

"으응. 하지만 생각해 보면 기자만 나쁘다곤 할 수 없지. 결국은 독자들의 요구 때문이잖나. 기대감을 안고 사회면을 펼치고, 거기에 자극적인 사건이라도 실렸으면 파고들듯이 심취해서 읽지. 하지만 평온한 사고들뿐이면 재미없다고 불만스러운 표정을 짓잖아. 그런 대중들의 요구가 기자를 저 모양으로 만들어 버렸겠지."

우리는 한동안 그런 대화를 주고받았는데, 그러는 중에 책상 위의 전화기가 울렸다. 동료가 전화를 받왔다.

"뭐, 사고라고? 또 그 교차로야? 흠, 정말 놀랍군. 그래, 바로 출동하지."

그렇게 전화를 끊고는 내게 말했다.

"아까 말한 교차로에서 또 사고가 났어. 바로 나가서 조사해 봐야겠군."

"그래? 좀 전의 신문기자 녀석, 엄청 좋아하겠는데."

"그렇지만도 않아. 사고로 죽은 사람이 바로 그 기자니까."

너무나 뜻밖의 전개에 아무런 대답도 못 하는 나를 남겨 두고, 교통과 동료는 서둘러 현장으로 출동했다.

한참이 지나 동료가 돌아왔다.

"안타깝군. 조금 전까지 그렇게 환하게 웃던 사람인데… 정말 거짓말 같아. 하지만 카메라를 손에 들고 사고로 죽었으니, 기자로서의 염원은 이뤘을지도 모르겠군."

"그런데 어떻게 사고가 난 거야? 그 녀석이 우물쭈물했을 리도 없을 텐데."

"조금 떨어진 곳에서 목격한 사람의 증언에 따르

면, 카메라를 들고 뒷걸음질로 차도로 나가다 달려오던 트럭에 치인 모양이야. 즉사했어."

"카메라를 들고 뒷걸음질을 치다니…. 대체 뭘 찍으려고 했던 걸까?"

"그래서 카메라에 들어 있던 필름을 현상해 봤지. 그랬더니 이런 게 찍혔더군. 위치로 판단해 볼 때, 그 순간의 피사체는 이게 틀림없어."

동료가 아직 다 마르지도 않은 사진 한 장을 꺼냈다.

"여자아이네."

사진에는 열일곱쯤 되어 보이는 아름다운 소녀가 찍혀 있었다. 더할 나위 없이 기쁜 듯 활짝 웃고 있었다.

"예쁘게 생긴 아이로군. 카메라가 있으면 누구나 찍고 싶어지겠어. 그 기자도 그래서 사고를 당했겠지."

동료가 그렇게 말했지만, 나는 뭔가 미심쩍었다.

"하지만 이상하잖아. 그 친구는 몰랐어도 이 아이는 분명 트럭이 달려오는 걸 알았을 거야. 그런데 이 사진에서는 주의를 주려고도 하지 않고 환하게 웃고 있어."

"그 말을 듣고 보니 그렇군."

"죄가 되지는 않겠지만, 이건 너무 심하잖아. 찾아내서 따끔하게 설교를 해야겠어."

나는 동료를 재촉해서 교차로로 갔다. 그리고 사진을 보여 주며, 혹시 짚이는 데가 있냐고 상점 사람들을 찾아다니며 물었다. 그런데 도무지 실마리가 잡히질 않았다.

"글쎄요, 본 적이 없는데요. 이렇게 예쁜 아이라면 한번 보면 잊을 리가 없는데."

어디서나 비슷한 대답만 돌아왔다. 사진의 배경으로 찍힌 상점의 종업원조차도 이렇게 말했다.

"모르겠는데요. 말씀하신 시간이면 방금 전이잖아요. 그 무렵에 이런 여자애는 없었어요."

도무지 단서를 잡을 수가 없었다.

"이상하네. 대체 어디 사는 누구지?"

"어쩔 수 없군. 일단 다시 경찰서로 돌아가자고."

나와 동료가 포기하고 막 돌아서려는 참이었다.

바로 그 순간, 내가 소리를 지르며 달려갔다.

"앗, 저기다!"

조금 앞쪽에서 즐거운 듯이 춤을 추는 발걸음으로 걸어가는 여자아이가 보였다. 옷차림새로 보아 사진 속의 그 아이가 틀림없었다.

"이봐, 왜 그래? 아무도 없잖아!"

동료가 뒤에서 계속 소리쳤다. 이상한 건 너겠지. 저 아이가 보이질 않는다니. 나는 기어코 그 아이 옆으로 쫓아가서 말을 건넸다.

"이봐 학생, 기다려!"

여자아이가 가볍게 발걸음을 멈추며 이상하다는 표정으로 돌아보았다.

"아, 저요…?"

돌아본 얼굴도 사진 속의 그 얼굴이 틀림없었다. 동료의 눈에는 왜 안 보이는 걸까.

"그래. 넌 어처구니없는 짓을 저질렀어. 대체 넌 누구지?"

여자아이가 속삭이는 듯한 목소리로 말했다.

"나는… 저승사자야."

그렇게 대답하고는 즐거운 듯이 웃었다. 그 사진과 똑같이 환하게.

나는 무심코 뒷걸음질을 쳤다. 그러나 그리 멀리 갈 수는 없었다. 왜냐하면 내 바로 뒤에 때마침 공사 때문에 뚜껑을 열어 놓은 맨홀의 깊은 구멍이 입을 쩍 벌리고 있었으니까.

어스름한 별에서

새카만 유리판 위에 헤아릴 수 없이 많은 보석을 흩뿌려 얼려 놓은 듯한 우주. 우주는 오직 이런 표정만 지을 뿐이다. 그 별들의 희미한 빛들이 모여, 거무죽죽한 바위뿐인 이 작은 별 위로 어스름한 빛을 비춰 주었다. 그 속에는 태양빛도 섞여 있었지만, 지구에서는 희망을 상징하는 그 밝은 태양도 이렇게 멀리 떨어져 있으면 그 빛을 잃고 온기도 사라지게 마련이다. 이곳에는 언제까지고 추위와 땅거미만 하염없이 이어질 뿐이다.

석막 속에 모든 것은 정지되어 있었다. 그런데 그

정체되어 있는 지표의 무거운 가스 속에서 뭔가가 꿈틀거리는 기척이 느껴졌다. 그 기척은 차츰 커지다가 희미한 소리로 바뀌었다.

"여기에서는 지구가 안 보이나? 초록과 파랑이 어우러진 그 별을 누가 좀 찾아 줄 수 없을까? 찬찬히 바라보고 싶은데…."

그 소리가 가스 속으로 퍼져 나갔다. 한참이 지난 후, 조금 떨어진 곳에서 다른 쉰 목소리가 들려왔다.

"이봐, 그런 생각하지 마. 우리는 이제 생각할 필요가 전혀 없어. 움직일 필요조차 없다고."

"그렇지. 하지만 이 머리라는 녀석은 뭔가를 생각하게끔 만들어졌어. 이것만큼은 어쩔 수가 없군."

어스름 속에서 녹이 슨 빛깔의 그림자가 서서히 쓰러지며 나지막한 금속성 소리를 냈다.

"우리 로봇은 모두 이런 종말을 맞아야 하는 걸까?"

"으응, 그런 모양이야. 지구에서 주인들의 사생활을 너무 많이 알아 버린 로봇이잖아. 퇴물이 된 우리 로봇을 버릴 장소가 지구상에는 없는 거겠지."

"그냥 분해해 버리면 될 텐데."

"하지만 분해 공장으로 옮기는 도중에 혹시라도 누

가 비밀을 캐내지는 않을까 걱정돼서 못 배기는 거겠지."

"그럼, 용광로에 던져 넣고 자기들 눈앞에서 용해시켜 버리면 되잖아."

"그렇지만 오랜 세월 사용해 온 자기 로봇에게는 그럴 수가 없나 보지. 인간이란 정말 알다가도 모르겠어. 우리를 버릴 장소로 우주 공간밖에 떠올리질 못하다니."

주위의 어스름은 조금도 변함이 없었다.

"그런데 우리가 이런 별로 흘러든 까닭은 뭘까?"

"대부분의 로봇은 우주를 떠돌다 결국 태양 쪽으로 끌려가서 녹아 버리거나 우주의 끝으로 사라지잖아. 그런데 개중에는 우주를 떠다니다 이 별로 끌어 당겨지는 경우도 있어. 이곳에는 강력한 자력이 있는 모양이야. 그래서 금속으로 된 우리 몸을 끌어당기는 거겠지."

"그렇다면 이 별에는 우리 말고도 다른 로봇들이 있겠군. 그 녀석들은 뭘 하고 있을까."

"여기서 조금 떨어진 바위 그늘에도 하나가 쓰러져 있어. 그런데 말을 걸어 봐도 소용없더라고. 녀석은 아주 오래전에 흘러 들어와서 이젠 대답할 힘조차 남아 있질 않나 봐."

"이상하지 않아? 우리 로봇의 부속품은 그렇게 빨리 못쓰게 될 리가 없는데."

"지표면에 정체되어 있는 가스에 아무래도 금속을 부식시키는 성분이 포함되어 있는 거 같아. 부속품들이 서서히 소리도 없이 망가져 가거든. 그리고 결국 완전히 멈춰 버리는 거지."

버려진 로봇들은 단조롭고 무표정한 목소리로 이런 대화를 주고받았다.

"마지막까지 남아 있는 부분은 어디일까?"

"기억과 사고 부분인 것 같아. 거기에는 녹이 잘 안 스는 금속이 쓰였으니까. 바위 그늘에 있는 녀석도 움직이지는 않지만, 어쩌면 그 부분만은 아직 작동하고 있을지도 몰라."

"그렇다면 녀석은 무슨 생각을 하고 있을까?"

"그야 우리와 마찬가지로 지구에서 섬겼던 주인을 생각하겠지. 녀석은 지금이라도 주인의 목소리가 들리면 일어서려고 애를 쓸걸. 그럴 힘도 남아 있지 않은데 말이야."

한동안 대화가 끊겼고, 이 별에 그 시간을 메워 줄 움직임은 전혀 없었다.

"주인이라… 너희 주인은 어떤 사람이었어?"

"글쎄. 어떤 사람이었냐고 물어도 표현할 방법이 없군. 뭐, 인간이란 존재가 다 거기서 거기잖아. 우리 주인도, 그 부인도 적당히 로맨틱하고, 적당히 성실했지. 그리고 적당히 교활하고, 적당히 감동도 잘하고. 너희는 어땠는데?"

"뭐, 비슷해. 다들 별 차이가 없어. 그런데 왜 그토록 사생활이 타인에게 알려지는 걸 꺼려할까? 이해가 안 가."

"알 수 없지."

또다시 한동안 대화가 끊겼다.

"여기는 움직이는 게 하나도 없군."

"으응. 하지만 전혀 없는 건 아니지. 우리가 한번 움직여 볼까? 여기 주인 목소리를 녹음해 둔 테이프가 좀 있어. 이걸 귀에 대고 재생하면 돼. 지금 보여 줄게."

로봇 하나가 어스름 속에서 움직이려 했다. 그러나 삐걱거리는 소리를 내며 두세 걸음을 비틀거렸을 뿐,

바로 무너지듯 쓰러졌다. 희미하게 모래 먼지가 일었다. 그러나 그것도 금세 가라앉았다.

"틀렸어. 이젠 팔다리가 움직이질 않아. 가스 부식이 꽤 빠른 모양이야."

"그럼 우리의 모든 부분이 멈춰 버리는 것도 얼마 안 남았겠군."

"아마 그렇겠지. 네 목소리도 조금 전과 비교하면 상당히 많이 갈라졌거든."

두 로봇은 드러누운 채로 하늘을 올려다봤다.

"저거 지구 아닌가? 초록색을 띠고 있잖아."

"어디? 그런 별은 안 보이는데. 네 사고 부분에 가스가 스며들기 시작했나 봐."

"무슨 소리야. 렌즈가 일그러진 건 너잖아."

서로 갈라진 목소리를 높이며 맞섰다. 그것은 웃음소리 비슷한 울림을 띠었다.

"아 참, 완전히 망가져 버리기 전에 너한테 물어보고 싶은 게 있었어. 너는 몸이 완전히 멈춰 버리는 게 무서워?"

"왜 이래. 그런 걸 굳이 물을 필요는 없잖아. 우리 로봇에게는 무섭다는 감정이 없는데, 왜 그런 말을 꺼내?"

"인간들이 그토록 죽음을 두려워하는 이유를 알고 싶어서 말이야. 하지만 우리에게는 무리겠지. 어쩔 수 없지, 뭐."

"무슨 일이지? 주변이 캄캄해졌어. 별이 사라진 건가?"

"그래? 그럼 보나마나 빛을 감지하는 부분이 녹슬기 시작한 거겠지."

"드디어 끝이군. 그렇다면 더 늦기 전에 너에게 작별 인사나 해 두지. 안녕."

"어어, 안녕…."

침묵으로 가득한 시간이 어스름 속에서 흘러갔다. 그러던 중 어디선가 "어이" 하고 부르는 소리가 난 것 같았다. 그러나 그 소리는 실제로 말을 건네는 건지, 발성 장치가 저절로 작동한 건지 알 수가 없었다. 그 말에 대답하는 소리도 들리지 않았다.

그로부터 또 얼마쯤 시간이 흘렀다. 너트라도 부식됐는지, 용수철 같은 부속품이 흔들거리며 어디론가 날아갔다. 그 후로는 줄곧 아무런 소리도 들리지 않았다.

귀 로

"아, 드디어 연락이 닿았어!"

줄곧 들여다보고 있던 계기판의 바늘이 까딱하고 움직였다. 그걸 알아챈 내가 소리 높여 외쳤고, 뒤에 모여 있던 관계자들도 일제히 긴장했다. 여기는 우주 통신 본부로, 빌딩 옥상의 커다란 안테나가 우주에서 보낸 전파를 수신하기 시작한 것이다.

"여기는 지구 본부다. 오버."

나는 다이얼을 돌리고는 음량을 높이며 말했다. 그 말에 답하는, 잡음이 섞인 희미한 목소리가 들려왔다.

"여기는 탐험대 우주선. 붉은 행성 조사를 마치고

지금 지구를 향해 접근 중."

조종사로 참가한 부하 직원의 익숙한 목소리가 들려왔다.

"좋아. 그럼 목적은 달성했겠군."

"네. 일단은 조사를 마치고 전원 귀로에 올랐습니다."

"그건 다행이야. 전원 무사하다니 기쁘다."

"아뇨, 전원이 무사한 건 아닙니다. 지금 건재한 사람은 저 혼자뿐입니다."

"그게 무슨 소리야? 병이라도 걸렸나?"

"뭐, 그런 셈이죠."

얼버무리는 듯한 대답 이후 한동안 통신이 끊겼다.

"이봐, 대체 어떻게 된 거야?"

"상상도 못 한 일이 벌어졌습니다. 시간이 없으니 간단히 보고하겠습니다. 그 행성에서 채집한 붉고 끈적끈적한 액체가 원인입니다. 귀로에 오른 대원 하나가 그것을 분석하려고 했는데, 그때 그게 손에 달라붙었습니다. 곧바로 소독은 했지만⋯."

"그래서 어떻게 됐다는 거야?"

"그러자 그의 몸이 액체에 닿은 그 부분부터 흐물흐물 녹기 시작하더니 결국은 붉고 끈적끈적한 덩어리로 변해 버렸습니다."

"허어, 끔찍한 현상이군. 치료는 해 봤나?"

"물론 모든 치료를 시도해 봤습니다. 그런데 그러는 와중에 치료를 담당했던 동료들까지 잇달아….'"

로켓 내부에 떠다니는, 승무원 숫자만큼의 붉은 덩어리는 생각만 해도 눈을 덮어 버리고 싶을 정도로 끔찍했다.

"그건 몹시 섬뜩한 광경이겠군."

"네. 너무 끔찍합니다. 하지만 이제 곧 그 끔찍함도 사라지겠죠."

"그건 또 무슨 말이지?"

"조종실에 있던 저는 사태를 알자마자, 재빨리 문을 닫았습니다. 하지만 오래 버틸 수는 없었습니다. 붉고 끈적끈적한 덩어리가 문틈으로 스며들듯 파고들기 시작했거든요. 마치 동료인 저를 알아보고 그리워하는 것처럼요. 우주선 내부에는 도망칠 곳이 없습니다. 결국 그 덩어리는 얼마 전에 제 다리에 들러붙었습니다. 저는 이 보고를 반드시 지구에 전해야 한다는 사명감으로 여기까지 안간힘을 다해 조종한 겁니다. 아, 이제 허리까지 녹기 시작했어요. 앞으로 그 별에는 절대 가까이 가지 마시길…."

"알았다. 그럼 그쪽으로 바로 치료팀을 태운 우주선을 발사시키겠다."

"그건 안 됩니다. 가까이 오면 위험하고, 아마 고칠 방법이 없을 겁니다. 이 상태로 지구에 상륙하면 무시무시한 사태가 벌어집니다."

"그럼 어떻게 하면 좋겠나?"

"저는 잠시 후 이 우주선을 폭발시킬 생각입니다. 준비는 이미 끝났습니다."

"하지만 그러면…."

"죽고 싶지는 않지만, 다른 방법이 없을 것 같습니다. 배 언저리까지 녹아 버렸습니다."

"고맙네."

이쪽에서는 그 말 외에는 달리 할 말이 없었다.

"아아, 지구가 크고 아름답게 보입니다. 지상을 다시 한번 걸어 보고 싶어요. 대장님도 다시 한번 뵙고 싶고요. 하지만 그건 허용될 수 없는 일입니다. 그럼 이만 통신을 끊겠습니다. 안녕히…."

곧이어 폭발음이 들리고 전파가 끊겼다. 모두가 숨을 집어삼킨 채 동작을 멈췄고, 실내의 공기는 한순간에 무거워졌다.

본부에서 나온 내 마음과 발걸음도 무거웠다. 조금 전에 우주로 흩어져 버린 부하들을 생각하면, 밤하늘을 올려다보는 것도 내키지 않아 고개를 숙인 채 중얼거렸다.

"그를 한 번 더 만나고 싶었는데."

나는 문득 걸음을 멈추고, 하늘을 올려다봤다. 하늘에는 아름다움과 깊이를 알 수 없는, 잔혹함을 감춘 별들이 평소와 다름없이 한가득 펼쳐져 있었다. 나는 고개를 갸웃거리며 혼잣말을 했다.

"이상하네. 비가 오는 줄 알았는데…."

싸늘한 감촉이 느껴져 뒷목 언저리를 문지른 참이었다. 그리고 별생각 없이 바라본 손바닥에는 붉고 끈적끈적한 뭔가가 반가운 듯한 표정을 머금고….

순직

혹시 알고 계시려나? 최근 유령 인구가 부쩍 늘어나 그들을 모아 유령 회사를 만들었다는 사실을. 내가 바로 그 회사의 직원이다. 어슬렁어슬렁 회사로 출근하자, 유령 P가 나에게 고함을 쳤다.

"이봐, 또 지각이야? 요즘 자네 근무 태도는 도무지 맘에 안 들어."

P는 프레지던트의 약자다. 다시 말해 사장이다.

"알았어요. 그렇게까지 심하게 잔소리할 건 없잖아요."

"무슨 소리야! 밖은 벌써 캄캄해졌어. 우리 유령이

일하는 시간은 밤이라고! 이젠 어지간히 마음을 고쳐 먹지 않으면 곤란해. 계속 그 모양이면…."

유령 P의 장황한 설교를 흘려들으며 불운한 내 신세를 절절히 한탄했다. 인간은 죽어서 절대로 유령만큼은 되지 말아야 한다. 거짓말 같으면, 한번 되어 보면 안다. 유령이 되는 방법은 간단하다. 숨을 거두는 순간 "원통하다"라는 한마디만 하면 누구나 유령이 될 수 있다.

그 결과, 다른 동료들은 모두 유령이 되었다. 그러나 녀석들은 자기 의지로 된 경우고, 유령이 된 후에도 놀래켜 줄 상대가 있었기 때문에 별다른 불만이 없는 듯했다.

그에 비해 내 경우는 엉망진창이다. 친구의 애인을 가로챘고, 게다가 그것을 그에게 과시하며 "어때? 분하고 원통하냐?"라고 비웃은 것이다.

그런데 말이라도 다 끝낼 수 있었으면 좋았으련만… '냐'라는 글자를 막 뱉으려는데, 이성을 잃은 친구가 목을 졸라서 그대로 죽어 버린 것이다. 아무렴 그의 앞에 나타나서 "원통하도다"라고 하는 건 도리가 아니다. 세상에 목적이 없는 유령만큼 골치 아픈 존재도 없다.

이런 경우는 자기 의사로 유령이 되지 않았으니 이 단계를 건너뛰고 천국으로 보내 주면 좋을 테지만, 역시나 규칙은 바꿀 수가 없는 모양이다. 도무지 마음에 안 든다. 실컷 자고 느지막이 출근해서 될 대로 되라는 식으로 불퉁대기라도 해야 속이 풀린다.

"네 네, 알았습니다요. 아, 빨리 잘리고 싶다."

"투덜대지 마! 자, 오늘 밤에 자네가 할 일은….."

유령 P가 고개를 갸웃거리며 어떤 일을 배정할까 궁리하기 시작했다. 유령의 일이란 사람들 앞에 유령으로 나타나는 것이다.

그리고 나처럼 특정한 상대가 없는 유령은 '원통하다'는 말을 깜빡해서 유령이 되지 못한 녀석들을 대신해 그들의 상대 앞에 나타나는 일을 맡는다. 녀석들은 자기 일을 남한테 떠맡기고 곧장 천국으로 갔으니 기분이 좋겠지만, 이쪽 입장에서는 민폐도 이런 민폐가 없다. 무료함을 달랠 수 있다고는 하지만, 원망스럽지도 않은 상대에게 겁을 줘야 하기 때문에 내키지 않을 때가 대부분이다.

"그래, 적당한 일이 있었군. 얼마 전에 자살한, 바

에서 일하던 아가씨를 대신해서 상대 남자 앞에 나타나 주게. 오늘 밤이 첫 번째니까 그렇게 알고. 한 번에 놀라게 하지 말고, 앞으로 차근차근 강도를 높여 가야 해."

나는 그 얘기에 살짝 흥미를 드러냈다.

"상당히 로맨틱한 사정이었군요. 몹쓸 녀석. 좋아요, 이 일은 한번 열심히 해 보죠. 그러니 좀 더 자세히 설명해 주시죠. 성의를 다해 임할 테니까요."

"사실은 그 남자, 처음에는 성실한 청년이었어. 그리고 그녀에게 푹 빠져서 오랫동안 바를 드나들었지. 좋아하지도 않는 술을 억지로 마시면서까지 말이야."

"순진한 청년이군요. 이야기가 제가 상상했던 것과는 정반대로 전개되는데, 그래서 어떻게 된 겁니까?"

"그녀 쪽에서도 청년이 자주 드나들수록 그 비장한 마음에 감동받아서 조금씩 마음을 열기 시작했지."

"아무래도 해피엔드로 끝날 수밖에 없는 과정을 밟아 가잖아요."

나는 점점 더 영문을 알 수 없었다. 수많은 인생 중 어떤 생에는 상상도 못 할 일이 벌어지는 모양이다. 유령 P가 이야기를 이어 갔다.

"아니, 그때부터 잘못된 거야. 그녀가 결심을 굳혔을 때는 이미 늦었거든. 청년은 완전히 알코올중독이 돼서 여자 따윈 안중에도 없게 됐으니까. 그래서 그녀는 인생의 무상함에 절망해서 자살할 때도 '아, 너무 어리석고 허망해'라고 중얼거렸을 뿐이야. 유령이 되지 못했지. 뭐, 내막은 대충 이래."

"과연. 사정이 매우 심각하군요. 지금까지 들었던 이야기 중에서 제일 심각해요. 듣다 보니 나까지 우울해졌어요. 일할 의욕이 다 사라져 버렸단 말입니다. 하지만 뭐, 일단 해 보죠. 낮에 너무 많이 자서 졸리지도 않으니까."

"부탁하네."

나는 거리로 나가 이리저리 떠돌며, 지시받은 대로 바 몇 군데를 돌다가 간신히 변두리 싸구려 술집 구석에서 진을 치고 있는 그를 찾아낼 수 있었다.

그러나 다른 손님이 있는 곳에 출현할 수는 없다. 효과를 높여서 목적을 달성하려면 어스름한 장소에 녀석이 혼자 있을 때를 노려야 한다. 나는 문 바깥쪽 출입구 위에 웅크려 앉아 녀석이 나올 때까지 기다리기로 했다. 다행히 그리 오래 기다리지는 않았다.

녀석이 얼마 안 가 쫓겨났기 때문이다. 바텐더가 소리치는 말에 따르면, 녀석한테 돈이 없는 게 원인인 듯했다. 녀석은 비틀거리는 걸음걸이로 뭐라고 중얼중얼 투덜대며 걷기 시작했다.

그리고 잠시 후 적막한 골목으로 접어들었다. 좋았어, 이제 슬슬 시작해 볼까. 나는 살짝 의욕을 발휘해 몸을 희읍스름하게 빛내며 녀석의 앞을 가로막았다.

"원통하도다…."

무리해서 여자 음색을 냈음에도 녀석은 별로 놀라지 않았다. 그 대신 눈의 초점을 애써 맞추려는 듯한 표정으로 중얼거렸다.

"뭐라고? 더 큰 소리로 말해. 넌 누구냐?"

"유령이다."

"에이, 또야."

그 말에는 외려 내가 놀랐다. 누군가가 먼저 나타났던 모양이다. 사장도 요즘에는 살짝 깜박깜박하는 것 같다. 나는 유령 P를 윽박지르기 위해 꼬치꼬치 캐묻기로 했다.

"또라니, 그건 무슨 소리지? 내가 처음이 아니란 말이야? 전에도 누가 나타났어?"

나는 본래 목소리를 그대로 내며 말했다. 그러나 녀석은 그런 건 안중에도 없다는 듯 대답했다.

"으응… 나타났지, 나타났고말고. 술기운이 떨어지면 아침 댓바람부터 환각과 환청에 시달려. 이젠 익숙해졌어."

나의 신원을 의심하다니, 은근히 화가 치밀었다.

"이봐, 잘 들어. 난 진짜야. 너 때문에 죽은 여자의 부탁을 받고 왔다."

녀석이 두 손을 얼굴 앞으로 들고 손사래를 쳤다.

"거참, 시끄럽게 구는 허깨비군. 진짜라고 주장하는 허깨비라니. 내 알코올중독도 꽤 심각해진 모양이야. 이 녀석을 없애려면 어디 가서 한잔 더 해야겠어."

"잠깐, 조금은 놀라는 게 어때? 난 환각이나 환청이 아니야. 이렇게 된 이상 어쩔 수가 없군. 손을 뻗어서 날 만져 봐. 그럼, 알 수 있을 거다."

녀석이 휘휘 내두르던 손을 앞으로 뻗어 내 몸을 만지더니 비명을 질렀다.

"으윽, 뭐야 이건!"

"어때?"

"차니찬 느낌이 들었어. 그렇다면 이건 환감幻感이

라고 불러야 하나? 알코올중독이 점점 더 악화되는 모양이야. 속이 메슥거려. 에잇, 어디 가서 왕창 퍼마셔야 가라앉겠어. 그런데 그럴 돈이 없으니, 답답한 노릇이군."

나 역시 몹시 답답했다.

"이봐, 정신 차려! 날 무서워하란 말이다, 난 진짜야! 부탁이니 좀 더 꽉 잡아 봐. 차갑지? 어때? 머리라도 좀 식히고 잘 보란 말이다!"

나는 필사적으로 계속 떠들어 댔다.

"정말 시끄러운 허깨비군. 그렇게 믿어 주길 바란다면 술이나 마시게 해 줘. 그러면 찬찬히 한번 봐 주지."

"어림없는 소리. 유령이 돈을 갖고 있을 리가 있나. 그러지 말고 이제 그만 날 진짜로 인정하라고!"

"시끄러워! 이렇게 지독한 환청은 처음이군. 아아, 술, 술을 내놔!"

녀석은 절규하며 두 손으로 허공을 움켜쥐었다. 그러나 그에게는 허공이었겠지만, 거기에는 다름 아닌 내 목이 있었다.

나는 뜻밖의 결과에 기세를 얻어 계속 떠들어 댔고, 녀석은 손에 더욱 힘을 가했다. 그리하여 나는 간신히 완전하게 죽을 수 있었고, 유령에서도 해방되었다. 아, 드디어 그 지긋지긋한 유령 사회에서 벗어날 수 있게 된 것이다.

동료 중에는 목적을 달성한 후, 완전히 죽여 줄 상대를 좀처럼 만나지 못하는 경우가 많았다. 유령들은 오늘 밤이야말로 만나겠다며 야심차게 나갔다가 실망만 안고 아침에 돌아오기 일쑤였다. 다행히 나는 여기서 잘 죽을 수 있을 것 같다. 지금부터 갈 천국이란 곳은 잘 모르지만, 성실하게 일했으니 잘 풀릴 거라고는 장담할 수 없다는 점에서, 우리가 아는 인간 세상과 별반 다르지 않은 것 같다. 그렇더라도 어쨌든 잘됐다. 이보다 기쁠 수는 없다.

여러분도 만일 짚이는 게 없는데도 유령이 나타나거나 하는 경우, 무서워하지 말고 이 남자처럼 가까이 다가가서 목을 졸라 완전하게 죽여 주기 바란다. 다들 무진장 기뻐할 것이다.

상속

침대 위에 누운 노인이 입술을 희미하게 달싹였다. 제아무리 과학이 발전하고, 인간의 수명이 길어졌다고 해도 죽음은 예외 없이 찾아오게 마련이다. 세계적으로 손꼽히는 부자인 이 노인에게도 죽음이 바로 코앞까지 다가와 있었다.

그의 목에 설치된 은색 장치는 보통은 들을 수 없는 그의 힘없는 목소리를 증폭시켜서 들려주었다.

"이봐, 회사 비서에게 전화 좀 연결해 주게."

그 말을 듣고, 침대 옆 의자에 앉아 있던 흰 가운을 입은 간호사가 일어섰다. 노인 쪽으로 몸을 구부리며 다정하게 만류했다.

"그렇게 무리하시면 안 돼요. 건강이 많이 안 좋으시잖아요."

"그건 나도 알아. 하지만 하루도 빠짐없이 해 오던 지시를 쉴 수는 없어. 자, 빨리 회사로 연결해 줘."

간호사는 이 과정을 매일같이 경험했으므로 그 요구를 거스를 수 없다는 것을 익히 알고 있었다. 임종이 가까운 노인에게는 원하는 대로 해 주는 게 좋다. 그녀가 회사로 전화를 걸어 노인에게 연결해 주었다.

"자, 연결됐어요. 말씀하세요."

노인이 기뻐하며 말하기 시작했다. 목소리는 힘이 없었지만, 그 내용은 빈틈없고 확실했다.

"어어, 나야. 어제 지시한 맥주회사 투자 건은 어떻게 됐나? 그렇군. 좋아, 뭐 그러면 되겠지. 그리고 다른 보고 사항은 없나…?"

노인은 한동안 말을 하고 또 들었다. 대화가 끝나자, 부쩍 기운을 잃었다. 간호사가 전화 연결을 끊고 노인에게 물었다.

"많이 피곤하시죠? 주사라도 놔 드릴까요?"

"으응."

붉은 약물이 주사 장치의 힘을 빌려 메마른 피부 속으로 침투해 갔다.

"자, 이제 좀 조용히 쉬세요."

노인은 눈을 감았고, 간호사는 의자로 돌아갔다. 드넓고 호화로운 그 병실에는 고요한 시간만 가득했다.

노인이 다시 눈을 떴다. 그리고 머리맡에 있는 버튼이 많이 달린 장치로 손을 뻗으려 했다. 근육도 거의 제 기능을 잃었기 때문에 버튼에 도달하기까지 상당한 시간이 걸렸고, 가까스로 그 버튼들 중 하나에 스칠 수 있었다. 버튼을 누를 힘은 없었지만, 그 버튼은 살짝 스치기만 해도 누른 것과 같은 효과를 내도록 만들어졌다.

가벼운 금속성 소리가 울리며 창문 커튼이 열렸고, 그 너머로 한가로운 전원 풍경이 펼쳐졌다.

푸르른 목장. 완만한 곡선을 그리는 초원에서는 하얀 양 몇 마리가 고개를 숙이고 풀을 뜯고 있었다. 조금 떨어진 곳에서는 개 한 마리가 뛰어다녔고, 개의 동선에 따라 양들이 움직일 때마다 양의 목에 달린 방울에서 맑은 소리가 울려 퍼졌다. 목장을 따라 오솔길이 나 있고, 길가에는 여름 꽃들이 피어 있었다. 그리고 그 너머로는 숲이 보였다. 숲 옆에서 나비 비슷한 것이 날아다니고 있었다. 아니, 나비가 아니라 작은 새일까?

노인은 풍경을 물끄러미 바라보았다.

"어머, 창문을 여셨네요."

"으음, 내 목숨도 이젠 그리 길지 않아. 그러니 이 세상 경치를 좀 담아 두고 싶군. 그런데 내가 버튼을 잘못 누른 것 같아."

노인이 손가락을 살짝 옆으로 밀며 다른 버튼을 스쳤다. 창밖의 경치는 점차 흐려지며 사라졌고, 잿빛 유리만 남았다. 창문 밖에 설치된 입체투영 장치는 도심 한복판에 있는 이 빌딩의 병실에 모든 경치를 비춰 주었다. 살풍경한 빌딩으로만 둘러싸여 있으니, 사람들은 이런 창이라도 없으면 숨이 막혀 버릴 것이다.

이번에는 창밖에 바닷가가 펼쳐졌다. 거무스름한 바위는 밀려와 부딪치는 파도의 물보라를 더욱 하얗게 부서뜨렸다. 창 위에 달린 작은 스피커에서는 그에 맞춰 파도 소리를 흘려보냈고, 그 옆에 있는 환기구는 갯바람 냄새를 실내로 뿜어냈다.

"이걸 보고 싶으셨던 거네요?"

"아니, 또 잘못 눌렀어. 하지만 이런 풍경도 두 번 다시 못 볼 테니 잠시 감상해 두지."

노인은 갯바람 냄새를 깊이 들이마시려 했지만, 그럴 힘은 남아 있지 않았다. 그가 다시 다른 버튼을 만졌다.

"이거야. 내가 보고 싶었던 게…."

바다가 사라지고 나타난 풍경은 암흑의 우주 광경이었다. 노인의 눈은 아주 잠깐이긴 했지만, 생기발랄한 빛으로 가득 찼다.

별들은 저마다의 색을 뽐내며 빛났고, 은하는 조금 전 파도의 물보라를 연상시키며 정적과 함께 흘러갔다. 창문의 왼쪽 끄트머리에는 푸른빛을 내뿜는 지구가 떠 있었다.

"우주를 보고 싶으셨던 거네요."

"그렇지, 내 청춘은 모두 저 우주에서 보냈어."

노인은 창밖을 물끄러미 바라보며, 청년 시절의 추억을 떠올렸다. 언젠가 누리게 될 지구에서의 안락한 생활을 꿈꾸면서 성공을 이루기 위해 우주선을 몰며 우주 공간을 날아다니던 때를.

주먹만 한 크기의 운석이 화면을 느릿느릿 가로질러

갔다. 어디에서 나타나서 어디로 가는지도 모를 운석.

그러나 노인은 그것을 보며 덧없는 인생의 상징으로 받아들이지는 않았다. 젊은 시절을 향한 그리움이 훨씬 더 강했기 때문이다. 이 회상만이 젊은 시절의 유일한 친구였다.

"그리운 광경이겠네요."

"그렇지, 고아였던 나에게는 어디에 무엇이 있고, 어떻게 도움이 될지 전혀 짐작도 할 수 없는 저 우주가 유일한 버팀목이었어."

초창기 우주선 사고로 부모를 잃은 그에게는 친척이 없었다. 게다가 딱히 유복하지도 않았기 때문에 야망을 실현시키려면 우주로 나갈 수밖에 없었다. 하지만 그런 젊은이는 그 말고도 많았다. 새로운 골드러시를 향해 바다로 열어 둔 어롱魚籠(물고기를 잡아서 담아 두는 작은 바구니-옮긴이) 속 물고기처럼, 지구에서 우주선들이 앞다퉈 날아오르던 시대였다.

"운 좋게 성공하셔서 다행이네요."

"으음, 그만큼 노력했으니까."

노인은 노력의 결실이라고 믿는 듯했지만, 그것은 행운이라고 부르는 게 맞다. 우주 공간을 향해 날아간 사람들 중에는 사고를 당해 죽거나 아예 돌아오지 못한 경우도 많았다.

흔히들 위험을 무릅쓰면, 또는 멀리까지 나가면, 그에 따라 성공도 커질 거라고 생각하게 마련이다. 그리고 대부분의 사람들은 목적도 없이 조바심을 내며 공간을 계속 날아다니고, 나이가 들고, 어느 순간 문득 정신을 차리고 지구로 돌아와 평범한 생활을 해 나간다. 하지만 노인의 경우, 그런 흐름과는 달랐다.

"어느 날, 그래, 나의 청년 시절이 끝나 갈 무렵이었어. 우연히 어느 소행성에 착륙했지. 거기서 별생각 없이 바위 덩어리를 주웠어. 그것이 나중에 성공을 가져다준 거야. 그 바위 덩어리에 함유되어 있던 탄력성이 매우 뛰어난 금속, 그게 흥미로워서 지구로 가져왔거든."

그는 그 분석 작업에 열중했다. 합금률, 우주선宇宙線의 영향, 그 밖의 많은 연구를 거쳐 인공적으로 바위 속 금속을 재현해 냈고, 결국 탄력성이 뛰어난 합금 생산에 성공한 것이다.

"나는 그 사업을 성장시키기 위해 모든 노력을 쏟아부었어. 그리고 이익을 올리는 데 평생을 다 바쳤지."

"그런데 왜 그렇게 돈 버는 일에만 열중하셨어요?"

"왜라니? 인간에게 그거 말고 달리 할 일이 있나? 돈 말고 대체 뭐가 있지?"

"예를 들면 사랑이라거나."

"그런 건 중요하지 않아. 내가 그런 걸 소중히 여기는 남자였다면 우주로 나가지도 않았을 테고, 지금처럼 성공도 못 거뒀겠지. 이제는 막대한 재산도 모았어. 내가 살아온 인생을 전혀 후회하지 않아. 만족해."

"하지만 가족이 없어서 외롭다는 생각은 안 드세요?"

"그런 생각은 안 들어. 나는 재산으로 많은 사람들을 지배하고 있으니까. 수많은 회사와 단체가 다 내가 하라는 대로 따르지. 외롭다고 생각한 적은 없어."

"그래도 뭔가 미련이…."

그렇게 말하던 그녀가 말끝을 흐렸다. 환자 앞에서 죽음을 언급하면 안 되기 때문이다. 그러나 노인은 개의치 않고 "없어…"라고 중얼거리며 창밖에 펼쳐진 우주 광경을 뚫어져라 바라보았다. 지구가 조금 움직이자, 화면 속에 모습을 드러낸 달이 노란 빛을 내뿜었다.

간호사는 다시 의자로 돌아가 눈을 내리떴다. 오로

지 성공과 돈을 얻기 위해 평생을 바치고, 죽음을 눈앞에 둔 현재까지도 여전히 그 돈을 더 늘리기 위해 계속 지시를 내리는 남자. 그녀는 그런 그를 이해할 수 없었다.

"이봐."

노인이 부르는 소리에 그녀가 대답했다.

"네. 말씀하세요."

"늘 오는 변호사를 좀 불러 주게."

"알겠습니다."

그녀가 방 한쪽에 있는 전화로 변호사에게 연락했다.

"곧 오신다고 하네요."

"어어."

노인은 대답을 하면서도 여전히 창밖 광경을 넋 놓고 바라보았다.

얼마쯤 시간이 지난 후, 문 위의 램프가 깜박거리며 손님이 왔음을 알렸다. 간호사가 일어서서 문을 열자, 남자 하나가 모습을 드러냈다. 조금 전에 연락한 변호사였다. 그는 조심스럽게 침대로 다가가 경직된 얼굴로 노인에게 인사를 건넸다.

"접니다. 부르셨다고 해서…."

"그래. 내가 살날이 얼마 남지 않은 것 같군. 그래서 앞으로의 일을 상의하려고 자네를 불렀네."

"아직 건강해 보이십니다. 그런 약한 말씀은 하지 마세요."

"위로할 필요 없어. 내 수명은 내가 잘 알아. 그래서 내 재산을 어떻게 처리할지 정리할 생각이야."

"아 네, 어떻게 하실 의향이신지…?"

변호사는 더더욱 긴장했다. 노인의 막대한 재산과 그 행방은 변호사뿐만 아니라 많은 사람들에게도 관심의 대상이었기 때문이다. 이대로라면 처자식도 친척도 없는 노인의 유산은 정부에 귀속된다. 그러나 유언으로 지시만 하면, 그가 지정한 대로 사용될 터였다.

"내가 죽고 나서 어수선한 분쟁이 일어나지 않도록, 살아 있을 때 어디에 어떻게 보낼지 지시해 둘 생각이야. 그래서 자네를 번거롭게 여기까지 불렀네."

"네. 절대 문제가 생기지 않도록 법률적으로 확실하게 처리해 드리겠습니다. 그런데 어떻게 하실 생각이십니까? 연구소나 자선단체에 기부라도 하실 의향이신가요?"

"아니야. 그런 기부는 안 해. 사실 내가 시성하는

사람은….”

노인이 그쯤에서 심호흡을 한 번 했다. 그 문제와 아무런 관계도 없는 간호사까지 무심코 귀를 기울였다.

“어느 분이십니까?”

“그게… 인간이 아니야.”

“네? 인간이 아니라뇨?”

변호사가 엉겁결에 되물었다.

“그렇게 놀랄 건 없잖나. 예전에도 개나 고양이 같은 자기 반려동물에게 재산을 물려준 사례가 있었을 텐데.”

“그야 그렇죠. 하지만 그런 생각을 하시다니, 회장님답지 않으십니다. 이 막대한 재산을 반려동물에게 주시다니요.”

“기다려, 나는 반려동물에게 물려주겠다고 말한 적이 없어. 게다가 내게는 반려동물을 아끼는 취미 따윈 옛날부터 없었잖나.”

“그렇다면 어떻게 하시겠다는 건지…?”

변호사가 눈을 깜박거리며 노인의 얼굴을 들여다봤다. 혹시 임종이 가까워져서 착란을 일으킨 건 아닐까 의심스러웠기 때문이다.

"뭘 그리 의아한 표정을 짓나? 나는 아직 멀쩡해. 이보게, 간호사…."

노인이 간호사에게 지시해서 머리에 뇌파 측정기를 달게 했다. 그 장치는 미터기 바늘을 움직이며 노인의 의식이 정상임을 보여 주었다. 변호사는 그것을 보고 고개를 끄덕였다. 곧이어 노인이 간호사에게 다음 지시를 내렸다.

"그리고 방 한쪽에 있는 은색 상자를 이리 가져오게. 무겁겠지만 바퀴가 달려 있어서 밀면 쉽게 움직여."

"알겠습니다. 저 상자는 전부터 저기 두셨는데, 대체 무슨 상자인가요?"

"그건 알 거 없고, 빨리 가져오기나 하지."

은색 상자가 침대 옆으로 옮겨졌다. 백금으로 만들어진 상자. 겉면에 새겨진 조각에서는 날카로운 빛이 반사되며 번쩍거렸다. 노인의 건강했던 시절을 아는 사람에게는 그 시절의 눈빛을 연상시키는 것 같았다.

"이건 무슨 상자인가요?"

변호사도 결국 묻지 않을 수 없었다.

"내 상속인이야."

노인이 분명하게 말했다.

"네에? 무, 무슨 서류라도 들어 있는지…?"

"안에 있는 건 서류 따위가 아니야. 정교한 장치와 그것을 작동시키는 원자력 전지가 들어 있지. 이 장치가 내 재산을 물려받을 걸세."

"네? 이 기계가요?"

"내가 지정한 대상에게 재산을 물려줄 수 있을 텐데?"

"그건 그렇습니다만, 왜 하필 이런 기계에…."

"하필 이런 기계라는 표현은 삼가게. 이제 곧 내 상속인이 될 거야. 상속세를 내고 나서도 유수의 재산가가 될 거라고."

"아, 네."

"자네만 괜찮다면, 나와 계약한 것과 같은 조건으로 고문 변호사를 계속할 수 있어. 어떤가?"

"네, 그럴 수만 있다면 감사한 일입니다. 그럼, 유언장 작성을 시작할까요?"

변호사가 소형 녹화 장치를 꺼냈고, 뇌파 측정기를 배경에 담아 녹화를 시작했다. 그와 동시에 수정 불가능한 녹음테이프가 노인의 말을 녹음했다.

"자, 이제 준비됐습니다."

"으음, 나도 마음이 놓이는군. 이젠 안심하고 죽을 수 있겠어."

"그런데 이 기계는 어떤 작동을 하는 건가요?"

"나는 지금까지 오로지 사업에만 열중해 왔네. 돈벌이 외에는 아무런 흥미도 없었어. 재산을 늘리는 것만이 유일한 즐거움이었지. 그렇다 보니 죽은 후에도 이걸 계속할 방법이 없을까 고민했어. 그래서 상당한 비용을 들여서 이 기계를 완성했네. 이것은 정교한 인공 두뇌야. 나와 똑같이, 아니 그 이상으로 돈에 관해서는 정확한 판단을 내릴 걸세."

"그런 능력이 있어서…."

"그래. 내 유산을 더욱 불려 줄 테지. 내가 처자식을 만들지 않은 게 얼마나 다행인지 몰라. 허영심 강한 아내, 놀기 좋아하는 아들 따위에게 물려주면 어떻게 될지 장담할 수가 없잖나. 그렇지만 이 녀석이라면 절대 헛되이 쓰거나 실패하는 일은 없을 거야."

변호사는 아무 말 없이 기계와 노인을 번갈아 쳐다보았다. 비쩍 마른 노인과 날카롭게 빛나는 백금으로 휘감긴 장치. 둘 사이에 크나큰 간극이 있어 보이기도 했지만, 생각하기에 따라서는 노인의 후계자로 이 이상 어울리는 대상이 없겠다 싶기도 했다. 노인이 이야기를 이어 갔다.

"자네는 일주일에 한 번, 이 기계 앞에 서 주게. 그러면 이 상자가 할 일을 지정할 테니, 그 명령대로 해 주면 돼. 물론 비용과 보수는 지불하겠네. 자네뿐만이 아니라, 모든 사람이 이 상자에 보고하고, 그 지시에 따라 증권을 관리하고, 그 밖의 모든 일이 처리되도록 조치해 뒀어. 나의 염원은 좋은 후계자를 갖는 것과 돈을 계속 불려 가는 거야. 그 두 가지를 만족시킬 수 있는 기계가 완성됐으니, 이제 난 아무런 여한이 없네."

노인은 빙긋이 회심의 미소를 지으며 또다시 창밖으로 시선을 돌렸다. 이미 고개를 돌릴 힘조차 남아 있지 않았다.

그것을 알아챈 간호사가 말했다.

"많이 피곤하신 것 같네요. 주사를 놔드릴까요?"

그러나 노인은 그 제안을 거절했다.

"아니야, 이제 됐어. 주사를 놔도 앞으로 이삼 일이겠지. 난 이제 죽어도 여한이 없으니, 주사는 필요 없네."

창에 펼쳐진 우주 광경은 여전히 고요하게 조금씩 이동해 갔다. 또다시 작은 운석이 이번에는 지구 반대 방향을 향해 쏜살같이 가로질러 갔다. 그것은 지구에서 이륙한 뭔가가 우주의 끝을 향해 날아가는 것처럼 보이기도 했다.

바로 그때, 침대 발치에서 붉은 램프가 깜박거렸다.

"아, 저건?"

변호사가 속삭이자, 간호사가 나지막이 대답해 주었다.

"저건 임종을 알리는 표시입니다."

정지된 생명 활동을 전기로 감지해서 알려 주는 장치였다. 변호사는 고개를 떨어뜨렸다. 유별난 사람이긴 했지만, 당대의 갑부로 성공한 사람의 임종을 마주하니 저절로 숙연한 마음이 들었다. 그래서 딱히 누구에게랄 것도 없이 중얼거렸다.

"결국 이렇게 떠나시는군. 비판은 있었지만, 위대한 인물이었어. 그나저나 일단 뭘 어떻게 해야 하지?"

그러자 그 말에 대답이라도 하듯, 옆에 있던 백금 상자가 소리를 냈다.

"고민할 건 전혀 없어. 회장님은 이미 돌아가셨다. 이제 와서 허둥대 봐야 별수 없지."

"엇?"

놀라서 되묻자, 소리가 다시 이어졌다.

"그래. 이제부터는 내가 상속인이야. 자, 얼른 회사에 가서 돈벌이를 시작하자고. 오늘의 주식 동향 보고를 들어야 해."

"허? 그런데 지금 당장이요?"

"당연하지. 싫은가? 생각해 봐. 난 당신의 고용주야. 싫으면 다른 사람을 고용해도 돼. 돈만 주면 사람은 얼마든지 구할 수 있어."

그 말투는 위압적이고, 거역할 수 없는 분위기를 띠고 있었다.

"아뇨, 알겠습니다."

"그럼 부탁하네. 아, 그렇지. 자네는 조금 전에 유언장을 작성해 줬어. 그 비용과 보수를 지불하지. 자, 받게."

상자 안에서 띠릭띠릭 하는 기계 소리가 울리더니, 상자에 달린 가늘고 긴 구멍에서 하얀 종잇조각이 나왔다. 그걸 집어 보니, 금액이 기입된 자기앞수표였다.

"감사합니다."

엉겁결에 소리를 높인 변호사에게 상자가 다음 명령을 내렸다.

"자, 빨리 나를 회사로 데려다줘. 이건 시간 낭비야. 돈을 불리려면 우물쭈물할 시간이 없어."

변호사는 상자를 밀고 문으로 향하면서 나지막이 중얼거렸다.

"아, 이 얼마나 이상적인 상속인의 탄생이란 말인 가."

귀향

어느 창을 내다봐도 보이는 거라곤 끝도 없는 암흑뿐. 그 암흑 너머로는 헤아릴 수 없이 많은 별들이 흩어져 있었다.

"야, 재주라곤 눈을 씻고 찾아봐도 없는 이 형편없는 별들아! 가끔은 좀 반짝거려 보란 말이다!"

우주선 조종석에서 나는 몇 번이나, 아니 수십 수백 번이나 혼잣말을 부르짖었다.

하양, 빨강, 파랑, 노랑. 그 별들은 하나같이 저마다의 빛깔을 뽐냈고, 차갑기는 해도 모두 매우 아름다웠다. 그러나 부드러운 대기에 감싸인 지구에서 바라보는 것과 달리, 여기에서는 어느 것 하나도 반짝이질 않았다. 상대가 눈도 안 깜박이고 계속 쳐다보고 있는 기분이 든달까. 그 상대가 차갑고 아름다운 사람일수록 기분은 더 묘해지게 마련이다. 우주의 별들이 바로 그렇다. 아름답고 차갑고, 게다가 오랜 시간 뚫어져라 바라보는 것만 같은… 길고 긴 시간을….

예전에 비해 속도가 훨씬 빨라지긴 했지만, 우주여행은 역시나 오랜 시간을 필요로 한다. 게다가 이렇게 변화가 없는, 낮도 밤도 없는, 혼자만의 여행에서는 실제보다 훨씬 더 길고 지루하게 느껴진다. 문득문득 시간의 흐름이 멈춰 버린 건 아닐까, 하는 의구심이 들 지경이다. 그럴 때 나는 혼잣말을 외치곤 한다.

나는 멀고 먼 행성에 있는 지구 기지의 연락원으로, 지구까지 딱 한 번 왕래하는 일에 지원했다. 지금은 임무를 마치고 지구로 돌아가는 길이다. 그건 그렇고, 돌아가는 길은 왜 이리도 긴 걸까. 역시 시간의 흐름이….

나는 방금 막 소리를 질렀다. 그리고 여느 때처럼 창밖의 별자리 위에 상상으로 여자의 얼굴을 그려 보았다. 우주를 혼자 여행하는 사람은 누구나 어떤 환상을 가진다. 사랑하는 가족, 미워하는 놈 등 각자의 환상을 별자리 위에 그리고, 속삭이거나 고함을 치면서 무료함을 달랜다.

나는 아직 젊어서 가정도 꾸리지 않았고, 딱히 미워하는 녀석도 없었다. 그래도 환상은 있었다. 지금 별위에 그려 본 이 여자다. 지금까지 수없이 많이 그려왔기 때문에 바로 그릴 수 있다. 마치 머릿속에 슬라이드용 필름이 있어서 허공의 스크린에 바로 비춰지는 것 같다. 나는 그 여자를 향해 얼굴을 찡그려 보였다. 그러자 그녀가 다정하게 말을 건넸다.

"너무 고함을 치면 안 돼. 이런 상태가 언제까지고 계속되는 건 아니야. 지구는 조금씩 가까워지고 있어. 흔들리는 무지개 같은, 일루미네이션으로 넘쳐 나는 지구의 밤. 떼 지어 날아다니는 반딧불처럼 밤하늘을 가로지르는 방송통신용 인공위성. 지구로 돌아가면 이 별들도 촉촉한 빛깔로 반짝일 거야. 그리고 별뿐만이 아니라 여자들도 그럴 테고."

"다른 여자들은 아무 관심 없어. 너만 반짝여 준다면."

"알았어, 반짝여 줄게. 하지만 날 빨리 찾아 주지 않으면 싫어."

"물론 빨리 찾을 거야. 그런데 네 이름은 뭐지? 너한테 말을 걸 때마다 늘 곤란해."

암흑의 허공에 떠 있는, 여자 얼굴의 환상은 이쯤 되면 수수께끼 같은 미소를 지으며 입을 다물어 버린다. 뭐, 그것도 무리는 아니다. 내가 아는 건 그 얼굴뿐이고, 다른 건 하나도 모르니까.

이 여자는 여기에서는 환상이지만, 결코 가공의 인물은 아니다. 지금도 지구 어딘가에 살고 있고, 움직이고, 웃고, 얘기하고 있을 게 틀림없다. 내가 그 여자를 처음 발견한 것은 지금으로부터 2년 전 어느 여름, 기계 카니발에 가려고 대형 호버크라프트(배의 바닥에서 압축 공기를 수직으로 분사할 때 생기는 힘으로 물 위나 땅 위를 닿을락 말락 하게 떠서 나아가는 수륙양용 배-옮긴이) 버스에 탔을 때다.

그녀는 조금 떨어진 좌석에 앉아 있었다. 그리고, 아니 그것뿐이었다. 그것만으로 이토록 잊을 수 없다니, 내가 좀 이상한 걸까? 흔히 있는 이야기일 수도 있고, 거의 없는 이야기일 수도 있다. 그렇지만 어쨌든 내 머릿속에서 그 기억을 떨쳐 낼 수 없게 되어 버렸다.

그 이듬해. 나는 학교를 졸업하자마자 바로 왕복 3년이 걸리는 이 연락 로켓 승무원에 지원해 우주로 날아올랐는데, 그 여자의 모습은 여전히 이렇게 내 의식 속 깊이 남아 있다. 남아 있는 것뿐인가, 환상이 되어 나타난다. 우주에서 그리는 환상은 그 사람이 가장 잊지 못하는 사람의 형상으로 나타나게 마련이다. 이럴 줄 알았으면 그때 조금 뻔뻔스럽게 보여도 좋으니, 이름이라도 물어봐 둘 걸 그랬다.

"이름 안 알려 줘도 괜찮아. 내가 돌아가면 널 꼭 찾아낼 거야. 그러면 바로 알게 되겠지. 그래 봐야 한정된 세계인 지구 위잖아. 나는 이토록 광활한 우주를 날아가고 있어. 그렇게 생각하면 사람 하나 찾는 거, 지구에서야 마음만 먹으면 간단한 일이지. 나는 이 우주여행에서 용기와 결단력을 얻었어. 게다가 지구로 돌아가면 돈도 많이 받아. 바로 널 찾아낼 거야. 그럼 둘이서 지구의 밤거리를 걸어 다니자. 빛과 현란한 색채와 정취가 넘쳐 나는 지구의 밤거리를…."

창밖의 여자 환상이 기쁜 듯이 웃었다.

"기다릴게. 그런데 이름도 집도 모르면서 어떻게

찾을 거야?"

"아, 나도 그게 고민인데… 아는 거라곤 얼굴뿐이니까. 하지만 방법은 있지. 지구에 가면 바로 그림을 배울 거야. 머릿속에 새겨져 있는 너의 얼굴을 종이에 그리는 거지. 몽타주 회사에 의뢰해도 되겠지만, 다른 사람이 그린 부분 부분을 짜 맞춰서 네 얼굴을 만드는 건 기분도 별로고, 너도 싫겠지. 하지만 마음이 급해서 기다리지 못하고 그쪽을 선택해 버릴지도 몰라. 어쨌든 너의 얼굴 그림을 방방곡곡에 뿌리면 반드시 찾아낼 수 있을 거야. 지구는 한정된 세계니까."

나는 여자의 환상을 옆으로 살짝 틀어 창밖으로 보이는 크고 푸른 별이 귀에 오도록 했다.

"이 귀걸이 어때? 너는 무슨 색을 좋아해? 빨간색? 내가 보기에는 넌 파란 귀걸이가 더 잘 어울릴 것 같은데."

노란색, 초록색 등등 여러 가지 색깔의 별을 귀걸이로 바꿔 달아 보았다. 무료할 때, 그 누구도 신경 쓰지 않고 로켓 안에서 혼자 즐길 수 있는 놀이였다.

그 놀이에 열중하는 사이, 우주선 안에서 따닥따닥 하는 소리기 띄엄띄엄 들리기 시작했다. 그 소리는 차즘 잦아지며 격렬해졌다.

"이런, 폭풍이 왔네. 우주선宇宙線이 강해진 것 같아."

"정신 똑바로 차려."

선체에는 운석을 탐지해서 자동으로 충돌을 피하게 해 주는 레이더 장치가 있지만, 우주선 폭풍 속에서는 그것이 충분한 효과를 발휘하지 못한다.

"괜찮아. 전에도 우주선 폭풍을 몇 번이나 만났지만, 사고는 없었어. 확률이 매우 낮아서 여간해서는 일어나지 않는데. 이번에도 무사히 통과할 수 있을 거야. 하지만 만일의 사태를 대비해서 우주복은 입어 둘까."

나는 우주복을 입고, 번거로운 헬멧은 등 뒤에 띄워 둔 상태로 만일의 사태에 대비했다. 계기판은 여전히 격렬한 소리를 계속 울리며 비상사태임을 알렸다. 사고는 좀처럼 나지 않는다지만, 그래도 이 소리를 계속 듣고 있자니 우울해졌다. 우주를 여행하는 사람에게는 가장 불안하고 불쾌한 소리였다. 기도를 독촉하는 듯한 소리. 나는 여자 환상에게서 말을 이끌어 냈다.

"소리가 굉장히 강해졌네. 힘내."

"으응. 난 지구로 돌아가서 널 찾아야 하니까. 하긴, 운석에 부딪치는 일은 좀처럼 없어. 그 확률로 보자면,

예를 들어 내가 공항에 내렸을 때, 네가 밖에 서 있을 정도의 확률이지. 얘기가 좀 이상해져 버렸네. 우연을 기도하는 것처럼…."

조용한 우주선 안에서 계기판 소리가 계속 이어졌다.

별안간 충격이 가해졌다. 여자의 환상은 사라지고, 굉음이 미친 듯이 울려 퍼졌다. 나는 벽으로 내동댕이쳐졌다. 날아가면서 벽면에 뚫린 커다란 구멍을 보았다. 운석이 꿰뚫고 지나간 것이다. 등 뒤의 헬멧은 급격히 내려가기 시작한 기압을 감지하고 곧바로 자동적으로 내 머리에 씌워졌다.

그 모든 것은 순식간에 지나갔다. 안정을 되찾고 주위를 둘러봤을 때는 수리 장치가 작동하기 시작했는지, 구멍이 메워져 있었다.

나는 버튼을 눌러 우주선 내부의 봄베(고압 상태의 기체를 저장하는 데 쓰는, 두꺼운 강철로 만든 용기-옮긴이)에서 새로운 공기를 공급받은 뒤 헬멧을 벗었다. 우주선 폭풍도 다 지나갔는지 계기판은 잠잠해졌다. 나는 피해 상황을 점검하며 중얼거렸다.

"끔찍한 일을 당했군. 설마하니 정말로 운석에 부딪칠 줄이야. 뭐, 이젠 됐어. 이런 우연이 일어난 걸 보니, 공항에 내린 순간 널 찾아내는 행운도 생길지 모르겠군. 그런 생각을 하니까 기분이 상쾌해지기도 하네. 상쾌한 이유는 공기가 바뀌었기 때문일까? 그래, 무료한 한숨뿐이었던 조금 전까지의 공기는 저 구멍을 지나 진공상태의 우주로 모두 나가 버렸지. 한참 뒤로, 두 번 다시 마주칠 일 없는 저 너머로. 지금 내가 들이마시는 건 지구에서 싣고 온 활기찬 공기뿐이야. 사람들이 서로 속삭이고 아우성치던 공기거든. 아, 분명 네가 뿜어낸 공기도 섞여 있을지 모르지. 네게선 어떤 향기가 날까?"

하나씩 점검을 계속해 가던 나는 별안간 머리가 확 달아올랐다 순식간에 식어 버렸다. 엄청난 피해를 발견했기 때문이다. 전원 부분이 망가진 것이다. 예비 전력은 있지만, 이대로는 지구까지 직행할 수 없다. 얼마 안 있어 레이더도 방향키도 작동하지 않게 될 테고, 그럼 언젠가는 훨씬 큰 운석과 충돌하게 될 것이다.

그래서 나는 이런 경우에 가장 적합하다고 여겨지는 방법을 취했다. 신호 캡슐을 분리했다. 이것은 허공에 뜬 채로 계속해서 구조 신호를 보낸다. '운석과 충돌, 지구까지 갈 수 없음. 가장 가까운 행성에 불시착해 구조를 기다리겠음'이라고 말이다. 다음에 이 항로를 지나가는 연락 우주선이 이 신호를 수신하고 구조하러 올 수 있도록.

나는 예비 전력을 이용해 가장 가까운 행성계로 진로를 변경했다.

눈을 떴다. 그리고 조금 전 잿빛 구름이 창밖으로 세차게 흘러가던 광경을 곧바로 떠올렸다. 고장 난 선체를 조종해서 가까스로 착륙은 시켰지만, 충격이 너무 컸던 탓에 잠깐 정신을 잃었던 것이다. 나는 몸을 일으켜서 창 쪽을 바라봤다. 구조대가 올 때까지 지내야 할 이 미지의 행성을 빨리 보기 위해.

그러나 얼마 안 가 바로 시선을 떨어뜨렸다. 5초 만에 질려 버리는 풍경. 아직도 꿈속인 것 같은 풍경. 어릴 적에 꿨던 기분 나쁜 꿈 같은 풍경이었다.

모든 것에 색깔이 없었다. 모든 게 다 잿빛이었다. 하늘 가득 낮게 드리운 구름이 지평선 끝까지 빈틈없이 뒤덮고 있었다. 운석을 피하기 위해 대기가 있는 이 행성을 골랐는데, 설마 그 밑에 펼쳐진 광경이 이럴 줄이야. 시계선에는 기복을 그리는 산맥도 있었지만, 그것도 역시 잿빛이었다. 그리고 지평선에서 이곳까지 이어지는 대지도 온통 잿빛이었다. 군데군데 기복과 농담은 있어도 색이란 건 전혀 찾아볼 수 없으니 너무 끔찍했다.

기분 나쁜 꿈보다 훨씬 끔찍했다. 꿈에는 때때로 색깔이 나올 때도 있지만, 여기는 그것조차 없다. 또한 아무리 기분 나쁜 꿈이라도 움직임은 있다. 그러나 여기는 그런 움직임조차 없었다. 움직임이 없는, 색깔 없는 세상. 떠올릴 수 있는 가장 밋밋한 사진을 확대해서 방 안 가득 붙여 둔 것 같았다. 정말이지 끔찍한 별에 착륙한 듯싶다.

나는 움직임과 색깔이 너무나 그리웠다. 그러나 우주선 안을 아무리 둘러봐도 움직이는 것은 하나도 없었다. 이번 착륙을 위해 예비 전력을 다 써 버렸기 때문이겠지. 조명도 꺼지고, 미터기의 바늘은 하나같이 꿈적하기는커녕 미세한 흔들림조차 없었다. 하는 수 없이 고형 식료품인 녹색 알을 물에 넣었다. 윤기가 나는 그 녹색 알은 물속에서 녹으며 물을 붉게 바꿔 놓았다. 평소에는 별생각 없이 지나치던 그 변화도 지금은 창으로 비쳐드는 빛을 받아 봉오리를 움트는 열대 꽃처럼 화사하게 느껴졌다.

그러나 그것을 다 마시자, 또다시 5초 만에 질려 버린 풍경을 계속 바라볼 수밖에 없었다. 거기에 여자의 환상을 그려 보았다.

"이거 봐. 끔찍한 별에 불시착해 버렸어. 조금 전까지 진력을 내던 우주보다 훨씬 심하잖아. 우주에는 움직임은 없어도 색깔은 있었지. 그런데 여기는 색깔조차 없어. 너에게 달아 줄 귀걸이도 없다고."

잿빛만 펼쳐진 세상을 배경으로 그녀가 대답했다.

"참아야지. 살아만 있으면, 구조돼서 지구로 돌아올 수 있잖아."

"그렇지. 나는 반드시 지구로 돌아가야 해. 그리고 너를 찾아내서 온갖 색깔로 넘쳐 나는 지구에서 계속 살아갈 거야. 파란 하늘에 흘러가는 하얀 구름. 하얀 파도가 부서지는 파란 바다. 녹음이 우거진 산, 꽃, 무지개. 웃고 떠드는 인간들로 가득한 별. 지구는 우주에서 가장 멋진 별이야. 우주에 나와 봐야 비로소 그걸 알 수 있지만 말이지. 그리고 또 지구는 네가 살고 있는 별이야. 그곳은 인간이 돌아가야 할 별이라고. 이런 형편없는 별에서 죽을 순 없어."

여자의 환상은 어느새 흐려지기 시작했다. 팽팽했던 긴장이 풀린 후라 졸음이 쏟아졌기 때문이다. 잠깐 눈을 붙이자. 불안 때문에 불길한 꿈에 시달릴지도 모르지만 어떤 꿈이든 이 광경보다는 낫겠지.

한참이 지나 눈을 뜨자, 창밖에 아주 조금 변화가 있었다. 물론 큰 변화일 리는 없고, 단지 아까보다 조금 더 어두워졌을 뿐이다. 지구의 저녁놀이 너무나 그리웠다. 구조대가 올 때까지, 지구 시간으로 3개월은 더 이 별에서 기다려야 할 텐데, 그때까지 이 멋대가리 없는 황혼, 그리고 역시나 똑같이 멋대가리 없을 새벽녘을 수없이 지켜봐야 한단 말인가. 이 행성의 하루 시간이 얼마나 되는지는 모르겠지만, 몇 번을 봐도 결코 좋아하게 되진 않을 것 같다.

나는 다시 식료품 한 알을 녹였다. 그것은 어둑한 우주선 안에서 색을 바꾸며 녹아들었다. 공기와 물의 정화는 화학 촉매로 이뤄지기 때문에 전원이 없어도 문제가 없었고, 녹색 알약 식료품도 많았다. 적어도 구조될 때까지는 충분한 양이다. 이 따분한 경치만은 어쩔 수 없지만 말이다. 다시 한동안 자다가 눈을 떠 보았다. 역시나 온통 어둠뿐이었다. 잿빛 구름이 하늘을 뒤덮은 이 행성에서는 별이 보일 리 없었다. 반짝이는 것은 단 하나도 보이지 않았다.

다시 잠에서 깼을 때도 여전히 온통 어둠뿐이었다. 캄캄한 우주선 안의 캄캄한 창으로 캄캄한 밖을 내다보았다. 그 어둠 위에 여자의 환상을 그리고 말을 건넸다.

"밤이 굉장히 기네. 밤이 이렇게 길 수 있나? 내 수염도 조금 길었어."

"아마 이 별의 자전 속도가 느린 거겠지. 이제 곧 날이 밝을 거야."

"그건 그렇고, 이 별의 하루는 어느 정도나 될까? 며칠, 아니 몇 주나 계속되는 거 아닐까? 이놈의 어둠은 정말 지긋지긋하군."

"어쩔 수가 없네. 온통 잿빛뿐인 정지된 경치라도 좋으니까 빨리 보고 싶지?"

"으응. 마음에 안 드는 별이지만, 낮에는 그나마 빛은 있었어. 이런 상태면 녹색 알이 녹아드는 변화조차 안 보일 거야. 빨리 밝아지면 좋겠군. 반짝이지 않아도 좋으니 형형색색의 별들도 보고 싶고. 모든 게 갖춰진 지구로 돌아가고 싶어."

"차분하게 구조를 기다려야 해. 조바심을 내면 정신적으로 지치니까. 자, 너무 신경 쓰지 말고 날 계속 바라봐."

나는 어둠 속에서 오래도록 여자의 환상을 물끄러미 바라보았다. 그녀는 지금까지보다 훨씬 또렷해졌다. 길게 늘어뜨린 검은 머리카락 한 올 한 올, 귀 옆에 있는 점까지 보였다.

완전한 어둠은 저 깊은 바닥에서 기억을 끄집어 올리는 작용을 하는 걸까.

"그런 곳에 점이 있었네."

"맞아. 지금까지 몰랐나 보네."

"으응. 어둠은 뭐든 다 기억나게 해 주나 봐. 네가 이토록 또렷하게 보인 적은 없어. 날이 밝으면 스케치라도 해 볼까. 어차피 이런 상태면 낮도 길 테고, 계기판 볼 일도 없이 그저 하염없이 기다릴 뿐이니까… 시간만 들이면 잘 그릴 수 있을 것 같아. 그러면 지루함도 덜 수 있고, 지구로 돌아가자마자 바로 널 찾을 수도 있겠지."

"잘 그려야 해."

"당연히 잘 그려야지. 빨리 날이 밝으면 좋겠다."

몇 번이나 잠이 들고, 몇 번이나 깨어났다. 그러나 여전히 참을 수 없는 어둠만 가득할 뿐이었다. 같은 어둠이라도 지구의 어둠은 쓸쓸함, 활기, 부드러움 등 다양한 정취를 품고 있다. 그러나 이곳의 어둠은 아무것도 품고 있지 않았다. 어둠 때문에 점점 더 또렷해지는 그녀를 빼고는….

"정말 긴 밤이군. 벌써 닷새쯤 지난 것 같은데, 실제로는 사흘일까. 아니면 열흘 정도 지났을까?"

이 별의 어둠은 시간의 흐름조차 포함하고 있지 않았다.

"쓸데없는 걱정해 봐야 아무 소용없잖아. 날 바라보면서 기다려. 너무 초조해하면 머리가 이상해져 버릴지도 모르고, 게다가 기다리는 것 말고는 달리 방법이 없잖아."

"그렇긴 하지만, 이렇게 밤일 때 구조대가 오면 곤란해. 낮일 때는 바로 발견하겠지만, 밤일 때는 레이더를 사용해야 하기 때문에 시간이 많이 걸려. 혹시라도 못 찾고 그냥 철수해 버리면…."

"에이, 또 그런다. 그렇게 걱정하기 시작하면 끝이 없어. 괜찮아. 틀림없이 찾아낼 거야. 사, 나만 바라보면서 기다려."

그녀의 얼굴은 어둠 속에서 한층 더 활기를 띠었다. 손에 잡힐 듯이 또렷했고, 숨을 쉬고, 표정을 바꾸고, 금방이라도 목소리를 낼 것처럼 입술을 움직였다.

"너의 실제 목소리는 어때?"

아무리 기억이 되살아나도 들어 본 적조차 없는 그녀의 목소리를 떠올릴 방법은 없었다.

"지구에 돌아와서 나를 찾아내 이름을 부르면 바로 대답할게."

"그때까지는 안 되는 거네. 지구에 도착하면 바로 찾아내서 부를게. 그나저나 밤이 너무 길어. 빨리 스케치를 시작하고 싶은데."

"스케치는 언제든 할 수 있어. 그때까지 차분하게 기다려."

몇 번이나 잠이 들고, 깨어나고, 그녀와 대화를 나누고, 또다시 잠이 들었다.

"이봐, 일어나!"

어디선가 남자 목소리가 들렸다.

눈을 떴지만, 역시나 어둠만 펼쳐져 있었다. 꿈속에

서 들은 목소리일지도 모른다. 그런데 또다시 목소리가 들려왔다.

"이봐, 정신 차려! 구조하러 왔다. 신호 캡슐의 전파로 알았지. 이 별일 거라고 짐작은 했지만, 다행히 바로 찾았어. 당신은 운이 좋아. 자, 내 우주선으로 같이 지구로 돌아가지."

"그랬군. 난 구조된 거지? 아아… 지구. 밝고, 화사하고, 움직임이 있고, 뭐든 다 있는 지구로 돌아갈 수 있다니. 이 별은 정말 끔찍한 곳이야. 자전 주기가 얼마나 긴지 좀처럼 날이 밝질 않아. 그건 그렇고, 이 어둠 속에서 용케 날 찾아냈군. 조명이 있으면 좀 켜 줘. 난 이 길고 긴 어둠에 질렸어. 자, 빨리. 뭐든 좋으니까 빛을 좀 보여 줘. 이봐, 왜 말이 없어?"

잠시 후, 어둠 속에서 나지막한 목소리가 들려왔다.

"당신은 사고가 났을 때, 눈에 우주선을 쏘였어. 그래서 시신경이 완전히 못쓰게…."

어둠 속에서 여자의 환상이 나타났다. 나는 그녀를 향해 소리치듯 말했다.

"난 이제 지구로 돌아가고 싶지 않아! 여기 있으면서 언세까지고 너와 대화를 나눌 거야!"

남자가 나무라는 듯한 목소리로 말했다.

"대체 왜 이래? 지금 무슨 소릴 하는 거야? 눈은 못 쓰게 됐지만, 당신은 아직 젊으니까 조만간 치료법이 완성될지도 모르잖아. 게다가 지구에는 소리, 맛, 감미로운 향기, 보드라운 여성의 피부⋯ 즐거운 것들이 가득해. 이런 곳과는 비교도 할 수 없어. 자, 어서 돌아가자고. 우리의 멋진 고향, 지구로!"

해설

아오키 아메히코靑木雨彦
(일본의 칼럼니스트, 평론가)

"후기는 어떠해야 하는가? 나는 아직도 그 답을 잘 모르겠다."

이런 말을 한 사람이 있다. 다름 아닌 호시 신이치다.

그렇다면 해설은 어떠해야 하는가? 나 역시 그 답을 잘 모르겠다.

문고본 형태의 책에 '해설'이라는 글이 붙게 된 것은 과연 언제부터였을까. 문고라는 형식을 생각해 낸 무렵부터일까?

호시 신이치는 "세상 모든 분야에 평론가가 있지만, 아직까지 후기 평론가를 만나 본 적은 없다. 마찬가지로 전집이 유행하고 있음에도, 후기 전집이라는 것도 없다. 그런 종류가 출현하고, 이런저런 논의를 해 준다면 모범적인 후기 형식도 확립될 것이다. 하루빨리 그렇게 되길 바란다"라고도 썼다.

그렇다면 나도 "세상에는 모든 분야에 평론가가 있

지만, 아직까지 해설 평론가를 만나 본 적은 없다"고 글을 이어 가고 싶지만, 그래서는 너무 평범하고 멋이 없다.

하지만 그의 말처럼, 문고가 유행하고 있음에도 해설만을 모은 문고가 없는 것도 사실이다. 호시 신이치의 경우라면 이제 슬슬 그의 작품과 관련된 해설만을 모은 문고가 나와도 되지 않을까.

그러면 나도 조금은 '나은' 해설을 쓸 수 있을 것이다. 그러면 경애해 마지 않는 그로부터 "이상한 해설을 썼네"라는 웃음을 사지는 않을 것이다.

왜냐하면 그는 자신의 작품에 관해 "해설이 필요할 정도로 난해한 작품은 거의 쓰지 않았다고 생각한다. 나는 작가란 작품을 통해 이해해야 하는 존재라고 생각하는 해설 무용론자다"라고 이야기한 바 있기 때문이다. 그런데 나 같은 사람이 무슨 말을 덧붙이겠는가.

그래서 "호시 신이치 작품의 해설을 써 달라"라는 말을 들었을 때, 나는 바로 고개를 갸웃거리며 '아, 또 호시 신이치 컬렉션이 시작됐군' 하고 생각했다. 그는 외국 만화나 네쓰케根付け(에도시대에 남자가 담배쌈지나 지갑

의 끈 끝에 매달아 허리띠에 질러서 빠지지 않게 하는 세공품-옮긴이) 컬렉션으로도 유명한데, 어쩌면 문고 해설 컬렉션을 시작했을지도 모른다. 불현듯 그런 생각이 들었다.

나는 "독자가 해설을 보고 책을 살 리는 없다"는 친구의 말에 용기를 얻어서 이 글을 쓰기로 마음먹었다. 그 친구는 "그렇지 않다면, 누가 너한테 해설을 부탁하겠냐"라는 말도 덧붙였다.

자 그럼, 이제 호시 신이치 이야기를 해 보자. 그와 관련해서는 다자이 오사무와의 연결 고리가 사뭇 뜻밖이었다. 1946년 11월 10일에 발행된 잡지 《문예춘추》의 임시 증간호 〈일본의 작가 100인〉에서 '내가 가장 많이 영향을 받은 소설'이라는 앙케트가 있었다. 그에 대한 답변에서 호시 신이치는 다음과 같이 말했다.

풍 빠져서 읽은 소설을 꼽자면, 다자이 오사무의 작품 여러 개를 들 수 있겠다. 물론 전후 작품들은 그다지 좋아한다고 말할 순 없지만 말이다. 가장 많이 읽은 작품은 『다스 게마이네Das Gemeine』*이며,

---

＊　독일어로 통속성, 비속성을 의미한다.

그다음으로는 『20세기 기수旗手』를 들 수 있다.

용케도 그토록 독특한 문체, 절묘한 멜로디를 창조해 냈다. 문체에 도취되려면 이야기의 기복과 구성 같은 것은 없는 편이 좋은데, 내가 앞의 두 작품을 특별히 꼽은 것은 그런 이유 때문인지도 모른다. 이렇듯 100년에 한 번 나올까 말까 하는 사람의 재능에 정면으로 도전하는 것은 불가능에 가깝다.

나는 나의 문체를 메마른 공기와도 같이 투명하게 만들려고 노력했고, 지금도 그러고 있다. 오로지 이야기의 구성에만 힘을 쏟는다. 다자이 오사무와 반대 방향으로 달려야 한다는 생각에 안절부절못한다. 이런 의식을 떨쳐 낼 수 있다면 나의 작풍도 한 단계 더 폭이 넓어질 수 있겠지만, 가능할 것 같지는 않다.

그가 젊은 시절 레이 브래드버리의 『화성 연대기』를 읽고 '인생의 길이 바뀌었다!'고 느낀 일화는 널리 알려진 사실이다. 부친의 제약회사가 망한 후 그는 "회사를 남에게 넘겨주고 해방되자, 어쩐지 마음에 커다란 구멍이 생겼다. 그때 만난 게 바로 SF다. 감기에 걸린 어느 날 밤, 브래드버리의 『화성 연대기』를 읽고 순식간에 그 우주에 휩싸여 버렸다. 그 책과의 만남이 그보다 좀 더 앞이나 뒤로 어긋났더라면, 내가 과연 SF를 쓰기 시작했을지 의문이다"라고 말했을 정도다.

바로 그 브래드버리를 만나기 전에 호시 신이치는 다자이에 탐닉하고 있었다. 그것도 다자이가 파비날(마약성 진정제의 한 종류-옮긴이) 중독으로 죽음을 지척에 두고 쓴 『다스 게마이네』와 『21세기 기수』의 세계에!

"다자이 오사무와 반대 방향으로 달려야 한다는 생각에 안절부절못한다"라고 말할 당시, 호시 신이치의 가슴속을 훑고 지나간 생각은 과연 무엇이었을까? 그의 작품은 '변덕, 잔혹, 난센스가 담긴 유머, 살짝 시적인 분위기, 자포자기 경향, 풍자적인 요소'로 이뤄졌지만, 우리는 동시에 그의 작품이 무서울 정도로 허무적인 자세를 취하고 있다는 점도 잊어서는 안 된다. 어쩌면 그의 소설은 인간 불신의 소설일지도 모른다.

그의 작품에 성적인 장면과 살인과 같은 폭력의 묘사가 없다고 해서 작가 정신을 '건전'하다고 단정해 버리는 것만큼 경솔한 판단은 없다. 성적인 장면은 그렇다 쳐도 살인의 경우, 그는 훨씬 더 끔찍한 인류 멸망의 이야기를 몇 편이나 썼다.

이렇게 보면 "언제 누가 한 말인지는 모르겠지만, 소설이란 인간을 묘사하는 것이라고 한다"는 그의 소설 이념을 이해할 수 있을 것이다. 호시 신이치는 "최근의 추세는 잘 모르겠지만, 우리나라의 작문 수업에서는 나들이든 가정생활이든 있는 그대로 눈에 그려지도록 쓰면 좋은 점수를 받고 모범 답안이 된다. 이에 반해 미국에서는, 친구를 초대한 파티에서 재미있는 이야기를 지어내서 얘기하는 아이가 인기를 끌지 않을까. 작가를 만들어 내는 토양의 차이다"라고도 말했다. 이것이 호시 신이치 소설의 원점原點인 게 아닐까. 그가 쇼트-쇼트라는 형식을 선택한 것은 단순한 편법에 불과할지도 모른다.

다자이 오사무의 『다스 게마이네』에는 다음과 같은 문장이 있다.

"편지라는 글은 왜 꼭 건강을 기원하는 말로 끝맺음을 지어야만 하는가. 머리는 나쁘고, 문장은 서툴고, 화술이 형편없어도, 편지만은 잘 쓰는 남자라는 괴담이 이 세상에는 있다."

실제로 머리는 나쁘고, 문장은 서툴고, 소설이 형편

없어도 '후기만은 잘 쓰는 작가'라는 괴담이 이 세상에는 존재한다. 나는 호시 신이치가 "작가란 작품을 통해 이해해야 하는 존재"라고 말한 이유가 가슴 깊이 와닿는다.

호시 신이치 쇼트-쇼트 시리즈 04.

악마가 있는 천국

| 1판 1쇄 인쇄 | 2023년 7월 10일 |
| 1판 1쇄 발행 | 2023년 7월 27일 |

| 지은이 | 호시 신이치 |
| 옮긴이 | 이영미 |

발행인	황민호
본부장	박정훈
책임편집	김사라
기획편집	김순란 강경양
마케팅	조안나 이유진 이나경
국제판권	이주은 정유정
제작	최택순

발행처	대원씨아이㈜
주소	서울특별시 용산구 한강대로15길 9-12
전화	(02)2071-2019
팩스	(02)749-2105
등록	제3-563호
등록일자	1992년 5월 11일

| ISBN | 979-11-7062-830-9 04830 |
| | 979-11-6979-492-3 (SET) |